那些學霸教會我的事

王蘭芬 著

目錄

輯二　有點不一樣，卻閃亮亮的選擇

推薦序

原來！他們必須那麼努力！

建國中學前校長 陳偉泓

建中、北一女，這些學校在許多人的心裡，總存在著些許神秘感；而這些學校的學生，也是許多人所好奇的對象。在街坊中，穿著這些學校校服的學生走在路上，總難免會引起路人多看幾眼！

「學霸」這個詞，有時候會給人一些壓力的感覺。因為，有些人即使在學校不聽課，自己做自己的事，卻仍然可以在各種考試中出類拔萃，總讓人慨嘆老天爺不公平！但是，真的是如此嗎？

這本書，《那些學霸教會我的事》，帶我們進入「學霸」的世界，讓我們可以更近距離的理解這些孩子和他們的家庭。原來，他們也是凡人，他們之所以成為「學霸」，是因為他們比其他人更為自律，對於自己期待完成的目標，嚴以律己的貫徹；他們更具備有恆毅力（perseverance），遇到困難會苦思解決之道，不畏艱難、有恆心地不斷尋求解決方案；他們有各自一套的學習方法，而且一以貫之，從不給自己打折扣；他們的心中早就有一個自己的夢，成就了奮鬥的動力，一心一意為追求夢想而勇往直前，永不退縮。

我們總以為這些「學霸」是天之驕子，或是天賦異秉，才能在各種考試或競賽中脫穎而出。我們不否認的確有些孩子天資聰穎過人，但是，若單憑天賦，而不能為自己的理想或夢想設定目標努力不懈，終究會有才思枯竭、江淹才盡的一天！

在我進入建中服務之前，我也曾不斷思索這些孩子和其他的孩子，究竟有什麼不一樣？我應該如何和這些孩子互動？進入學校後，我發現當有人問他們一個問題時，建中的孩子可以給你一百個不同的答案，但其中沒有任何一個是你期待他們會回答你的那個答案。因為，這群孩子早就知道，那個你所期待的答案是什麼？而他們就是不願意把它說出來！

我也發現，雖然平日建中學生不拘小節，言詞行動難免狂狷。但是，在正式場合，他們又表現得十分得體，言談舉止中規中矩。想來，他們心中自有一把尺，我們和孩子相處，一定要先去理解他們在想什麼，對於他們會做什麼，也就見怪不怪了！

單看書名，最初會以為這是一本純粹的勵志書。作者王蘭芬小姐的筆觸輕鬆、幽默，每個短篇末的註解，不僅有梗，更是讓人心有戚戚焉，說是畫龍點睛也不足以形容。她對於每一個人遇到困難和挫折時如何奮鬥突破難關的學習心路歷程，有時用朋友的角度，有時用朋友媽媽的觀點，有時以一般讀者的不同視角，將篇篇敘事細細刻劃成個個年輕生命的精彩，沒有故作矯情，只有真誠讚歎；沒有誇張劇情，只有奮力向上。不知不覺中，和「學霸們」一起經歷了許多奮鬥的風景，輕舟已過萬重山，一點不覺得壓力，讓讀者不免也很想認識文中的人物，這些人物也都變成讀者內心潛在的偶像。

不過，讀到最後，觸動我內心最深的感受，不是那般勵志的熱血，卻是親子之間彼此信任的互相依賴，緊緊相連。這哪裡是一本勵志的書籍？如果哪一位當爸媽的不知道如何和家裡的高中生相處互動，看完這本，必有所得。

推薦序

一人考取，全家就讀

北一女中校長 陳智源

前幾天是新生報到日，狹小的校園擠滿人潮。有父母陪同來報到，也有三代同堂一起來的，家族裡有國中生能考上北一女，是多麼令人開心的一件事。學姊們在新生報到路徑列隊歡迎，宛如星光大道，只要往有學姊的方向走，自動就能完成所有程序，比任何指標都有效。或許「印隨反應」已在這一刻發生，造就學姊在校園內的特殊地位。

除了歡迎新生，家長會也出動好多志工來歡迎新生家長。來服務的志工家長不只是在校生的家長，也有女兒已經畢業多年，但是自己卻捨不得畢業的家長。這些家長常告訴我，從女兒考取北一女的那一刻，他們全家都在關心北一女的一切，學校的大小活動也從未缺席，彷彿自己也是跟著女兒在這所學校一起就讀。相信蘭芬這三年是非常幸運（辛苦）的，因為她要同時就讀建中、北一女，兩所與眾不同的學霸高中。

北一女的學生被要求五育並重，術德兼修，不論是考科或非考科，每個老師都跟你來真的，沒有偷懶怠惰的餘地，外界大概很難想像，高三學生還能認真完成美術作品、三千公尺測驗等。北一女的學生也是自我要求很高，凡事認真，全力以赴。資深老師都知道不能隨便跟學生討論事情，因為每個學生都跟你來真的，一定要把道理講明白，把細節弄清楚，沒有敷衍搪塞的餘地。有時候，家長會跟我抱怨：女兒來到北一女以後，開始變得比較不聽話。通常我會建議（安慰）家長：那就換我們開始練習好好聽話（聽女兒說話）。因為北一女的學生不喜歡接受已經被安排好的事物，不喜歡被他人定義，反而是複雜未知的道路更能引起她們的興趣。當一位學生樂於接受挑戰，願意把全部心力投入自己所熱愛的事物，就是我心目中的學霸。這些學霸教會我：要努力把每一件事都做好，然後盡全力把自己熱愛的那件事做到最好。

優秀從不是理所當然的事，感謝蘭芬讓這些學霸的努力被看見，也希望讀者能看見這些孩子在天賦之外的特質，更期待這些學霸的光和熱，不只是照亮自己前方的道路，更能指引眾人前往更美好的地方！

作者序

打開別人家的門

二〇二〇年我的龍鳳胎甜甜堂堂國中畢業，分別考上北一女跟建中，雖然這個無用媽媽除了煮飯、訂便當外，一點其他貢獻也沒有，還是跟他們一起開心了好幾天，之後我就想著，這兩個學校挺有名的，上網應該可以看到許多相關的校園生活故事吧。

沒想到，還真沒有，不僅找不到幾個新聞報導，連社交媒體也沒有多少完整的在校生心情描述。（當然梗圖美照短影片是很多沒錯）

甚至通過驗證後加入的臉書家長後援會，大家也常常互相提醒，說穿上這身制服，小孩全都小心謹慎，深怕一下就被公審肉搜，爸媽也請低調再低調。

不禁有些納悶，考上第一志願很開心呢，為什麼不敞開心扉痛快聊一聊？在我那年代，有朱天心《擊壤歌——北一女三年記》、吳祥輝《拒絕聯考的小子》，還有阿圖的《鐘聲二十一響》這些書，換成現代用語，就是學霸們的故事，寫得無敵有趣，不管是不是學霸都能讀得津津有味的呢。

於是就想，等我有機會（混）走進校園，一定可以找到某種寫出正發生在這群十六歲到十八歲少年少女身上的有趣高中點滴，既能讓大家看看別人家小孩是怎麼養成的，又不會被討厭的方式吧。（這位阿姨沒有被討厭的勇氣）

換句話說，我最想達成的目標就是，去打開別人家的門，欣賞、學習、交流彼此的教育心得。

你一定會說，妳的小孩就已經是人生勝利組了，別人家的小孩就是妳的小孩！

這部分絕對要先好好解釋一下，就我這幾年的觀察，很會念書或者很願意念書，是一種天賦，就像很會打電動、很會畫畫、很會跑步一樣，是每個人各自擁有的不同的特質之一，考試高分不等於人生勝利組，也沒人可以拿著成績單去跟老天討要幸福。

就算考進同一個學校，每屆八、九百個學生中，便有八、九百條不同的人生道路，對甜甜堂堂而言，他們也有自己羨慕的同學跟學長姐，這些也都是別人家的小孩，而我只是巧遇其中幾位，並且非常榮幸地能寫下他們青春時代的自我探索歷程。

而這三年勤勤懇懇地採訪與記錄過程中，不斷有好朋友來問我，這些小孩到底是怎麼被教育出來的？

於是再花一點工夫，一一登門拜訪，有的是爸爸，有的是媽媽，有的爸媽一起受訪，更感謝幾位老師願意讓我寫出教學理念，他們所有人最期望的，就是盡己之力，分享累積多年的親子及師生關係經驗，讓有興趣知道的父母可以少繞一點冤枉路。

在這裡我想謝謝書中所有出現的人物，謝謝美國衛斯理女子學院畢業、熱愛台灣珍奶的 Kelly；建中「一趴」林宸緯；網紅何廢料也就是何紹翊；北投圖書館王子蕭桱杰；北一女首位全盲生林立翾；約定要當一輩子好朋友的北一女學姐女團小奇與小婷；師大附中超強雙胞胎果姐、果妹；沉迷寫程式、唱歌非常好聽的鄭允臻；魔術方塊王子王楷文；復旦大學才女孫全怡；放棄醫學系、癡心看守天空的林之然；申請到耶魯的強者紐瑩姍；自己一個人拖著行李跑遍歐洲考音樂系的林君實；會唱京劇的謝其勳；巧用3C學習法上台大醫學系的賈子謙；北京大學的馬安妮、蔡宜宸，美國羅德島設計學院、也是本書插畫作者的顏寧。

特別鳴謝這些同學們的家長與師長，以及北一女前任會長蔡武恭幫忙找到超多特別故事，而建中前任校長陳偉泓、北一女校長陳智源，不但這幾年讓我沾光，還大方地幫我寫這本書的推薦序，除了叩謝之外，只能更加努力寫作，以求能將大家的善意發揚光大，使更多人可以受益。

從二〇二〇年九月十七日第一篇一砲而紅的〈南海路高中傳說〉，到二〇二三年六月八日〈史上最棒畢業典禮致詞〉，我在臉書上寫了超過百篇的高中師生及家長故事，算算應該有上百萬點擊次數，甜甜堂堂笑說，「媽，妳真是蹭好蹭滿。」

「真的，」我跑去抱住他們，「謝謝你們，沒有你們就沒有這本書！」（被推開）

如果要說這些學霸教會了我什麼，那應該是他們心底都有一團火似的東西督促著自己拚命學習，而當父母師長的我們，常常只是一根火柴棒而已。（打火機不行嗎瓦斯槍不行嗎鑽木取火不行嗎）（夠了）（青少年真的有夠難搞）（Orz）

輯一

又苦又甘又可愛

01
南海路高中傳說

二〇二〇年九月我兒子堂堂高一開學一週後，南海路高中舉辦家長日，雖然開了三個小時坐得腿痲屁股痛，但老師講話怎麼都那麼有趣，害我一直哈哈哈、哈哈哈的，完全無法按照原本計畫半路烙跑。

數學老師上來時我吃了一驚，名字很男生，出場卻是位親切媽媽型，樂呵呵地說，「剛剛有家長跑來找我，說我教過他，而二十八年後又教到他兒子，沒錯我就是一個在這南海路高中教了三十年的數學老師。」

不只數學，每科老師口才都好，沒有廢話，句句有梗，還一一為我們釋疑了多項南海路傳說。

傳說1，段考數學難到爆

老師：我們學校一共有三十四位數學老師，我也是久久才輪到出題一次，大家都知道外面很多人喜歡拿我們的考題去研究，比較年輕的老師為了維護校譽難免會出一些「漂亮」的考題。

爸媽拿到小孩第一次段考的成績，先不急著打開，深呼吸一下再看，不然心臟會受不了。

數學這種東西是需要緣分的，在場很多爸媽應該跟它也是無緣，所以不要苛求小孩，段考數學平均三、四十分是正常的，就像很多人說的，「段考題目就像一張華麗的茶几，上面佈滿了杯具。」

如果你的小孩要補考，那也不是什麼世界末日，前幾年出現過，光一屆就四百多個補考，全部也不過八百多人，學校還要加開一棟樓來當考場，盛況空前。尤其現在放寬，畢業後仍可以重修，我遇過大一生還回來的。

一切都是緣分啊，如果無緣，那數學講義拿來賞析一下就好。

＊ 編按：網路上常以學校所在區域給予別名，例如建中是南海路高中，北一女是總統府女中等，此處作者是以趣味的別名寫作。

傳說2，這學校很難找到不會教的老師

老師：能留在我們學校的，大多是很會教的老師，為什麼呢？因為我們太常被告了，你們也知道，政府有個二十四小時接聽的 1999 市民專線讓家長用來投訴老師，投訴的理由包山包海，什麼小孩功課退步啊，小孩沒來學校也沒通知啊，老師教得不好啊等等等等。

像我遇到一個學生，爸媽都在國外，他每天自己簽假單人不知道跑哪裡去，後來找到問他，「你這一個禮拜都幹嘛了？」他說，「我去尋找我的人生。」我跟他父母聯絡還有時差，得半夜爬起來打電話。

怕被投訴教得不好，老師都得開放教室，讓外面的人可以進來聽課，讓大家公評。另外也有學生被記過了、卻怎麼也不肯去做公服消過這種事，問他為什麼如此簡單的動作不做一下，他回答，「我想等看看學校會不會忘記。」

所以沒有十八般武藝真的很難在南海路當老師。

傳說3，學生爬牆不會被抓

老師：這是不正確的，看起來學校好像沒裝監視器，但其實有許多我們學校退休人

員每天在附近散步，他們一看到有人爬牆就拿手機拍下來，交到教官那邊去，抓到至少警告，也有記小過的。

傳說4，本校學生壓力大所以容易有情緒波動

老師：的確，學生情緒波動的情況會出現在每次段考前後，我常跟他們說，「你們不要讓老師去跟你們鞠躬這樣比較好吧，然後這裡是輔導室電話，大家先趕快抄下來。」

很多爸媽不敢自己跟小孩溝通，怕他們生氣，這時候專業的輔導老師就很派得上用場。專業的事，就讓專業的來。

傳說5，熱食部東西很好吃

老師：沒錯，因為這樣我們全校總體重超標，是列名在冊的台北市過重學校。[1]

1 編按：成立七十六年的建中熱食部於二〇二一年熄燈。營業的最後一天還有眾多「學長」回校用餐！關於〈建中熱食部熄燈號之10個為什麼〉請掃 QRCode 看更多。

傳說6，學生上課時間可以自由走動

老師：所以我現在看到高一的會舉手說老師我去廁所都很感動，因為再過一年，他們要是出去時有用眼睛瞄你一下，那都太有禮貌了，更有人一去不返的。

傳說7，我校廁所清潔費是別的學校兩倍

老師：的確是這樣沒錯，但造成這結果的原因，是我們學校廁所總是謎團般不可思議的髒，會有人把吃剩的便當塞進馬桶裡，或是破壞各種設施，我教到現在十幾年了還是沒查出到底為什麼。

打掃的清潔工都哀哀叫，才拿那麼一點錢卻要掃這麼可怕的廁所，但因為我們需要微笑標章，所以非得請人打掃不可，如果叫學生掃，那可能拿到的不是微笑標章而是危險警告。

傳說8，學校很多少爺

老師：像一〇八課綱，要做很多作業，但學生都不交，跟他講這一定要交，他回問我，「這很重要嗎？」我說很重要，他說，「喔那我回家叫我媽弄一下。」

我們學校學生的特質是不擅長交朋友也不願意跟別人合作，要他們團隊完成一件事太難了，為什麼？因為每個都是少爺啊。

來我們學校後，我們必須教導少爺，自己要懂得爭取，不管是吸收知識、或是自己的權益，不懂的要馬上問，可以請教老師跟學校為什麼不可以這樣不可以那樣。其實很多事是可以協商的，不用悶頭亂想，重點是你自己要站出來。

傳說9，這間男校的學生喜歡聯誼

老師：今年很多交上來的自傳都寫，「我人生的迫切目標就是找到一個女朋友，如果有人願意當我女朋友，她叫我做什麼我都可以。」我回他，「你爸媽辛苦生你養你不是讓你去當別人奴隸的。」

每年總統府女中校慶都辦在非假日，那天全校會有一半的學生不見，理由是收到來自「友女校」的「威脅」，如果不去的話就讓他們好看，但因為是非假日當然要請假，爸媽怎麼可能簽名讓孩子請假去參加女校校慶？所以這時候就會出現同學之間都互相知道彼此媽媽名字的情況，我問一個同學你怎麼知道他媽媽叫李桂香，同學手指壓著臉頰用假音說，「因為我就是李桂香啊。」

如果父母問我可不可以讓小孩去聯誼，我是覺得可以，就讓他們去幻想破滅啊，通常都不會成啦。他們應該先學會怎麼交朋友，才有辦法真正交女朋友，所以聯誼碰碰壁也是不錯。

傳說10，一〇八課綱對成績好的這個學校不利

老師：一〇八課綱是許願池，政府對教育有任何靈感全部丟進來，像是你們一定想像不到現在「公民課」有多難，所有最潮的國內外議題包括性別、平權、政治、法律都要教，然後各科變化複雜、資訊龐大到連老師都來不及更新，升學不再是課業的競爭而是比誰可以掌握到最多最新的資訊。

所以最終要靠誰呢？當然是靠老師。但你們知道，老師也是人，雖然我們會盡全力，但終究有限。不過我們學校的學生憑良心說是真的優秀，相信在大家通力合作下，少爺們的前途仍是無限光明。

傳說11，整條南海路父母都恩愛

老師：本校父母離異的相對算少，我們開玩笑說莫非小孩考上南海路高中對於促進

夫妻感情和諧很有幫助？（老公我們鵝子考上啦）（太好了）（撕掉離婚協議書）（這不是真的啦）

02

總統府女中十二解密

寫了〈南海路高中傳說〉後，好多人問哪時會出總統府女中的，搞得我壓力山大，偏偏女中學校日那天每個老師都無比認真講解課業跟關心學生，沒一個歪樓的。（差點舉手說老師不然來講個笑話吧）（抖腳）（啃指甲）

於是那段時間上天下海到處訪問各個年齡層的小綠綠，為了不害到學校、校友跟學生，這次全打上馬賽克（沒打也沒人看得到誰啊），讓她們一起為大家解開總統府女中十二大迷團。

迷團1，女校只會有女校長？

蒙面客：的確從一九四五年以來我們學校一直都是女校長，但二〇一九年開始打破了七十四年傳統，來了第一個男校長陳智源。（已經這麼久了，不知道校長找到男廁所了沒。）

迷團2，因為都是女生，所以女女戀盛行？

蒙面客：欸，這我不知道無法評論，不過是真的會「控學姐」，像那些體育很強的，或是舞社、功課好的、樂儀旗隊，不管哪方面，只要是在某個領域特別厲害帥氣，就有很多學妹「控」她們。

尤其社團裡平常不能隨便跟學姐說話，如果比賽或演出時學姐突然和顏悅色開口跟我們聊天，大家就眼冒愛心哇哇哇好像看到仙女下凡，興奮得不得了。對於欣賞的學姐，想辦法打聽或是每天寫小紙條，學習各種特殊可愛的摺法，希望引起對方的注意。

如果學姐回了紙條，或是多看我們一眼，會開心一整天，當成了不起的事炫耀。等自己當了學姐，也很想知道有沒有學妹控自己呢。

而當初那種喜歡到覺得性向都可以轉變的心情，隨著自己升上去當學姐後逐漸明白，那其實不是愛情，而是十分珍貴的友情。

迷團3，同學之間很會勾心鬥角？

蒙面客：不會，至少我沒遇過也沒聽到有人講。沒進來前，也以為全校都是女生應該會鬥得你死我活，一度怕壓力太大想過不要填這學校，後來發現同學雖然真的超厲害，但大家都不會比，反而會互相幫助。比也沒用，有的人就是天生特別聰明。慢慢懂得，跟校內人競爭沒有意義，我們將來要面對的是外面無限寬廣的世界。

像以前也以為這裡校風保守，結果我們根本沒有什麼校規，可以化妝、染燙頭髮、戴耳環、叫外食、背自己的包包，更沒有人限制妳去跟誰交往，一堆課程都有外校男生進來修，卡其服、白襯衫在走廊晃來晃去。還有人說我們學校沒有美女，根本不對，近幾屆就有黃蓉跟林海兒，都是有名的網紅。

因為學校信任，給最大程度的自由，大家反而更自律，念書都是自己願意，高三夜自習根本不用老師和家長盯，像我們班會先到操場跑三圈讓心靜下來，然後一路念到七點半，吃完點心，自動回座再念到九點多，題目不會的就問會的，真的沒心思玩什麼勾心鬥角。

迷團4，第一志願學校只重學業？

蒙面客：說真的，不只學業重，每科都很重。

各科老師都認為他們教的是最重要科目：體育課超要求體能，高一上限時跑四圈操場、一下五圈、二上六圈、二下七圈、三上一千五百公尺、三下三千公尺，幸好最後的三千是不限時的，大家輕鬆愉快跑或走中正紀念堂一圈半就可以；三年分別要學籃球、排球、網球；為了兩百公尺游泳過關，暑假結束大家都曬得黑麻麻回到學校；更別提本校每天第二節下課高難度無敵嗨的課間操了。

家政課也不是小打小鬧，為了三年後每人能獨力煮出一桌菜的目標，高一先教做圍裙跟頭巾，高二就穿著這套戰服一一學做蔥油餅、雞茸玉米羹、肉燥、咖哩餃、戚風蛋糕還有蛋黃酥！在那來來來來台大，去去去去美國的年代，許多女中畢業生遠渡重洋之際，行李中裝著的就有那條圍裙跟老師的食譜。

音樂課要去國家音樂廳聽音樂會，寫報告得附節目表；藝術課不僅要會畫畫，還要演戲跟創作；資訊課更是難到爆……，沒有一科能用混的。回想起來，很感謝當年每位嚴格的老師。

迷團5，總統府女中都交南海路高中男友？

蒙面客：首先我要說，交男友與成績沒有絕對關係，很多各班第一名的都有男友，兩人還可以一起考上很好的大學跟科系。的確以前放學一大堆南海路高中男生在門口等，很浪漫，但後來善導寺高中的越來越多，白衣黑褲的制服感覺帥氣，而且他們學校怪咖比較少。（某校躺槍）

每年校慶倒是會有數量驚人的南海路高中的來，校長開玩笑說他們是總統府女中的南海路分校，學姐則形容那天的景觀叫「綠洲沙漠化」（綠園被卡其色制服滿滿覆蓋），他們很厲害，會唱我們的校歌跟運動會歌。

迷團6，樂儀旗隊是個神祕的社團？

蒙面客：非常神祕。只要在學校看到某個人抬頭挺胸、步伐快速、面容肅穆，應該可以馬上斷定那不是樂儀旗隊的隊長就是旗官、護法。

平常樂儀旗隊在校內練習時，其他學生不能一直盯著看，更不能拍照，會有專人巡邏制止，有夠神祕。

參加樂儀旗隊沒有身高、髮型的限制，但之後經學姐和教官的挑選，最前排的四個隊長、五個旗官、白槍裡的兩個護法則通常是高個子，並會被要求剪短髮。不僅如此，這些學生還必須關掉臉書跟IG，收到學妹的紙條絕對不能回應，保持威嚴態度與冷靜形象。

我也很好奇他們為何願意如此辛苦，隊長同學跟我說，大部分社團上了大學都還是可以參加，只有樂儀旗隊是高中才有的，想珍惜難得的機會。

像許多其他社團一樣，樂儀旗隊學妹不能隨便去到學姐教室，是為避免學妹看到學姐嘻鬧如常人的一面，像我們班上那個隊長只有進教室後才能放鬆表情跟身體，我們最喜歡拉著她來回穿過門檻，她一下子板起臉一下子噴笑，真是太好玩了。

迷團7，學生優秀，所以此校老師很輕鬆？

蒙面客：正好相反，因為學生很強，老師才更要努力。寒暑假結束要開學時，老師比學生更焦慮，你教的孩子都那麼優秀，要怎樣才能滿足他們的求知欲？

絕大多數老師對自己要求很高，別的不說，光是段考題目我們學校絕對是原汁原味，每份考卷、每個題目全是老師自己出出來的，不用廠商提供的試題，多年前有位老師偷懶用過一次，引起軒然大波。甚至有的自覺結婚生子很對不起學生，因為不能再全身心奉獻在教學上了。

迷團8，學校警衛伯伯是特務出身？

蒙面客：我們學校有位警衛伯伯[2]很厲害，每次下課一群一群新生跑去讓他認識，他寫下名字後，看著臉然後在小本本寫下一串英文代號，沒多久他就幾乎可以叫出全部人的名字。聽學姐說，她南海路高中的男友因為經常來門口等，警衛伯伯連他的名字都記住，而且很多人的男友也都被記住了。

大二時有一次回學校，伯伯居然叫出我的名字、幾年畢業、現在在念哪個大學。但他不是特務啦，好像是以前在飯店工作，聽說剛來我們學校頭幾年曾經有畢業學生回來找他，他卻叫不出對方名字覺得很不好意思，所以下定決心要盡全力記住大家。不要看他走路都慢慢的，他還會跳Popping呢。

迷團9，學校性別單一，成長有限？

蒙面客：正因為學校沒有男同學，我們的發展完全沒有限制，不用在乎自己在異性眼中的形象，什麼都可以做，什麼都有可能，同學們單純、認真、非常多夢想，在這裡我不是「女生」，而是一個擁有無限可能的「人」。

也掙扎過要不要填男女合校，以免將來不知道如何跟異性相處。剛進來一心想在校外交個男友，不過三年下來我們同學感情太好了，互相鼓勵，一起痛哭，一起念書，這麼溫暖的地方，誰還需要男友？

迷團10，來這學校後，我會不會變成最後一名？

蒙面客：大概有一半的人剛進來時會有這種擔心，經過幾番洗禮，你會明白這裡永遠有無法超越的人，而且不只是在課業，連唱歌、跳舞、畫畫、跑步……各種能想像得到的方方面面都是。

的確有人面臨種種比較後，自我價值崩壞，尤其是數學，女生特別吃虧，就像網路笑話講的那樣，「誰都會背叛你，只有數學不會，數學不會就是不會」，只有對跟錯兩個結果，很難找到認同感。某些外地生可能整個故鄉都知道你來念，回去要如何交代你

2 編按：在總統府女中服務逾十年的神奇警衛周伯伯於二〇二一年退休。關於〈北一女神奇杯杯〉的故事請掃 QRCode 看更多。

是最後一名。

但走過之後懂得，這種校內的比較是沒有任何意義的，只有放下競爭的心，才敢於追尋自己喜歡的是什麼，願意為其投入一生的是什麼，再說，跟著一群優秀的同學一起努力，更能激發潛能。

北一女是我人生中最快樂的三年，也是人生中同質性最高的一個團體，不管講什麼做什麼，只要一個眼神大家馬上就懂，熱衷於再奇特的東西都不會被另眼相看，可以安心當怪咖跟最後一名。

迷團11，進總統府女中後，每人平均會胖七公斤？

蒙面客：因為我們有「餵食文化」啊，不僅直屬學姐一開學就會帶各式飲料點心來餵食學妹，學妹也會反餵食，什麼捲餅、鬆餅、奶茶、甜甜圈、雞蛋仔……，你想得到的我們都訂過，我們班還有一個「熱食本」夾滿美食傳單，一屆一屆傳下去。

大小熱食部東西又好好吃，炒飯、隨意滷……，小熱有隱藏菜單，最有名的就是「薯不辣」（薯條加甜不辣）。

每班有固定的「班日」，那天中午學姐會去找學妹，一起吃東西聊天，超吵超熱鬧的，有考試有比賽時互相鼓勵，在學姐畢業典禮上大家抱頭痛哭。

每屆還辦「三十重聚」，四十八歲那年再回來學校，拚命減肥穿上當年制服，到處聯絡校友，甚至美國中文報紙上都登廣告，因此尋回率高達百分之九十幾，那屆的樂儀旗隊卯起來預先練習三個月，只為了當天重回母校演出。所以七公斤算什麼，就算胖十七公斤我們也會想辦法瘦回來。

迷團12，會念書的女生都是乖乖牌？

蒙面客：才怪，我們超皮的！粉筆拿去泡水，保證怎麼都寫不出字來；喇叭鎖上塗牙膏；兩個同學在老師面前假裝吵架還真的哭出來，演技超好；兩個班學生互相對調，害老師以為走錯教室；對著男老師說，某某我愛你；有一次我們謊稱教室鑰匙掉了，讓同學爬進去，再要她假裝摔暈，老師急得要打119了，我們才一起喊某某老師生日快樂；全班逃走，只留下字條讓老師找我們在哪裡；畢業後也不忘整老師，跟學妹班串通好，穿著制服溜進教室，被抽到背英文才大喊老師我們回來看你了，「祝您教師節快樂！」

考進總統府女中時有許多擔憂，但念完三年我們都覺得，如果當初真的因為各種害怕而不填這個學校，才真的會後悔啊。

後記：終於寫完了，幾個星期的採訪下來，完全沒笑點，但有滿滿感動梗，與她們談話的過程中，甚至自己都好像學習到什麼而成長了。（甜甜，妳從學校買一包著不辣給我吃好不好）（我才不要）

03 二十歲打敗一萬人

川筑大學時住在信義學舍，但我是在她到美國念書後才住進去，所以雖然算是舍友，但其實在臉書上認識前我們並沒有見過面。

她台大畢業後申請到美國哥倫比亞大學，在那邊念到博士班。然後，然後她就直接嫁給哥大法學院的學長，一口氣生了四個小孩，現在是美國公立高中的中文老師！

「那妳辛辛苦苦拿到的學位怎麼辦？」我問。

她笑超大聲的，「也不能怎麼樣，就這樣嘍。」

當然是在跟她開玩笑，生養四個小孩的貢獻與辛勞絕不輸給一個準博士的社會成就，更何況她的小孩都好有才華，過著十分有趣的生活。

老大在好萊塢做音樂；老二學校一畢業就進到 google 上班；老三 Kelly 是唯一的女

生，二〇〇〇年出生，她大三升大四暑假應徵上臉書的產品經理，一畢業就開始上班。（我上網查了一下臉書起薪居然是一年十五萬美金！）

Kelly 上次跟媽媽回台灣我有見過，看起來一點也不像學霸呀，就是個非常活潑可愛的小女生，到底如何辦到，當時還沒畢業就考進這麼令人羨慕的知名企業？

於是硬要用自己的破英語挑戰一下，網路通話採訪 Kelly。（結果她英語哇啦哇啦講好快，我啥也聽不懂，幸好有川筑在旁邊同步口譯）

Kelly 說，那次臉書招考超過一萬人應徵，第一輪面試後有六千人進入第二輪，第三輪篩選出一千人，最後再從這一千人當中錄取十五人。

「天吶，這太難了吧。」

Kelly 回答道，「是的，真的很難，我自己都不敢相信，每次面談完都覺得自己完全沒希望，所以收到錄取通知時跳起來。我所知道去考的，很多是名校商學院的畢業生，我一來當時還沒畢業，二來不是相關科系，真是太不可思議了。」

「蛤？妳不是念商的，那妳念什麼？」

「我是念美國華人研究跟歷史。」

「這，這的確是不可思議啊。」

川筑生 Kelly 時正好跟著先生外派在新加坡，但 Kelly 三歲他們就搬回美國，因此對新加坡並沒有印象。雖然川筑的先生是十分知名的律師，但幾個小孩一路念的都是公立小學公立中學，過著相當悠閒自由的紐澤西郊區生活。

「我們每天兩點五十分就放學，然後留在學校踢足球、跳舞什麼的，每個人至少都有一項自己擅長的運動。」

「那媽媽會管你們的功課嗎？」

「媽媽從來不管，」旁邊傳來川筑的笑聲，Kelly 也笑，「她只喜歡帶我們到處玩，不過爸爸很明確跟我們說，已經給我們很好的環境跟資源，功課好是應該的，如果不好好念書那就是我們自己的事了。」

「我可以問妳高中的成績嗎？成績好不好？」

「我成績很好，全是 A。」

「為什麼呀？妳很喜歡念書嗎？」

「我是很喜歡閱讀，小時候每天拿一本《哈利波特》走來走去，大部分奇幻小說都很有趣。」

Kelly 大學念的是衛斯理女子學院，一所非常好的學校，希拉蕊、宋美齡都是校友。她說哈佛太難申請，而哥大、康乃爾這些則太大了，自己比較喜歡五千名學生左右的規模，加上覺得衛斯理的校園非常漂亮。

剛進去大一是不用選系的，所以什麼課都去聽，她選了星象學（咦）、教育學、和平與正義（好神奇的課）等，大二才確定要念美國華人研究，「因為我是華人嘛，應該要好好研究自己。」

Kelly大學生活極為充實，高三就曾經交換去過瑞典，後來又去了上海、德國、瑞士，採訪當時則是在英國的牛津大學上課，「這些學校中我最喜歡牛津，因為校園非常漂亮，而且教學方式特別，他們會有教授跟你一對一上課，這是很貴的作法，但牛津就是可以有。」

她也積極參加社團，其中一個是「中國城研究」，我問這是做什麼的，她說，「中國城裡有許多貧窮的家庭，小孩比較弱勢，我們進去教他們如何與人溝通，了解美國文化，還幫他們修改論文，我們輔導過的學生後來有上普林斯頓、衛斯理跟塔夫茨的。」

還有一個社團很特別，她是「台灣文化社」的社員，「因為我在紐澤西的『貢茶』打過工，從此愛上珍珠奶茶，立志要推廣，我去台灣文化社可以一次幫大家訂四百杯珍珠奶茶喔！」

高三暑假在「貢茶」打工，大二去 Prudential，大三則是 MUFG 三菱日聯銀行，在 MUFG 實習時因為組團參加企畫競賽得了第一名，被公司擇優留任，本來以為畢業就是要進入這間位於華爾街的公司上班的，沒想到後來居然又被臉書錄取。

Facebook 面談：一分鐘的思考時間！

因為疫情，臉書的面談是以視訊方式進行，我好好奇面談會問什麼，Kelly 說都是很妙的問題，「他們會給你一個很模糊的概念，例如，如何幫臉書設計一個旅遊方面的產品，你就要用想像力從設計、生產、行銷、分析產品的健康度、建立資料庫，到多少人用、何時用、如何建立行銷網，全部完整建構出來。」

「天吶，要馬上答出來嗎？」

「他們會給你一分鐘思考。」

「這怎麼可能？妳又不是學商或管理，要如何在一分鐘內把這些答出來？」

「喔，我有去 YouTube 看非常多關於臉書面談技巧的影片，所以大概有答題的方向，但如果真的不懂的，我就誠實說我不會。可能那時覺得不可能被錄取，所以態度很自然也有加分。心情輕鬆，想東西就靈活，就算講得不對，他們也可以從你回答的臨場反應、思考邏輯看出你適不適合他們公司。」

考到最後一關，面談官也告訴 Kelly，他們看的是人格特質、學習能力與溝通以及工作的能力，「以後進到公司，不會的他們都會教給我。」所以有沒有相關知識與技術的基礎並不是第一考量，他們要找的是一個 whole person（全人）。

覺得自己的勝出可能在於對人、文化的關心以及很好的台風與自我表達能力，「亞洲學生在面談上通常比較吃虧，雖然專業知識強，但較不擅長溝通、書寫和自我表現。」她強調，「美國企業很重視你人好不好相處，是不是能夠團隊合作。」

採訪那天她還沒滿二十一歲，但 Kelly 表現得十分懂事，「希望我的經驗可以幫助到台灣的學生，然後我想跟妳說，我在這邊自封為珍珠奶茶大使，非常以台灣的珍奶為榮喔。」

臉書公司新鮮人Kelly
aka珍珠奶茶大使

如果真的不懂的，就誠實說
我不會，態度自然，心情輕鬆，
想東西就靈活！希望我的經
驗可以幫助到台灣學生。

04

準博士媽媽，律師爸爸，與十五歲的打工家規！

——專訪 Kelly 媽媽 洪川筑

Kelly 的媽媽川筑是我大學租住的「信義學舍」舍友，台大畢業後考到公費去了美國哥倫比亞大學，與在哥大認識的法律系博士班學長結婚，一口氣生了四個小孩，笑稱自己經歷過「照書養」和「跟豬養」等不同育兒方式，但唯一一個不變的原則是，「每個小孩一到十五歲，統統給我出去打工。」

現在的川筑看起來很幸福，有個事業相當成功的律師老公，自己也在美國公立高中開心地教中文，前三個已經成年的孩子全都擁有一片專業天空，但她回顧獨自前往異國念書跟生活的過程，「真的沒有大家想得那麼容易。」

一九九四年博士資格考試通過後結婚，跟隨先生的工作移居北京，並趁著這難得的機會轉而研究北京的婦女團體，一九九五年老大出生，她應聘在北京師範大學教書，寫論文、帶小孩、教書三頭忙，好不容易回到美國，一九九七年先生又被派去新加坡，加上接連報到的老二、老三，「我還傷心地寫信給指導教授，說我論文寫不下去了。」

二〇〇〇年 Kelly 在新加坡出生，二〇〇三年全家終於回到美國，「遭遇嚴重的婆媳問題，除了偽單親的狀況，還要面對失控的婆婆。」樂觀的川筑說著這些故事時，還一直笑，我說妳也太慘了，她回答，「只能硬著頭皮面對了，不然我一個人在美國，親人都在台灣，誰能幫我呢？」

「但妳把每個孩子都教得好好，能不能說說有什麼祕訣啊。」

「啊？我沒有什麼祕訣耶，如果有的話，應該是因為生太多個，算經驗比較豐富而已，」她又呵呵呵地笑出聲來，「生活要變得很會抓重點，像是家裡亂一點沒關係，東西煮得難吃一點也沒關係，只要有做就好，我先生還笑說，只要小孩帶出去記得帶回來就好。」

川筑表示四個小孩的教育方式，「越到後面越寬鬆。」老大規定每天寫日記，老二、老三還送去上中文學校，希望提升中文能力，「到老四就不堅持了。」

「我最重視的是他們要參加社團，話劇、跑步、體操、各種舞蹈，什麼都好，小孩還小時讓他們有機會多試，像是四個孩子都讓他們去踢足球，也都要練一兩年的鋼琴，到七、八年級他們找到自己的興趣就會全心投入。」川筑說，「美國人很注重團隊，聊天講起來都會問你曾經屬於哪一個隊伍。」

像 Kelly 很喜歡參加各種不同夏令營，媽媽回憶，「手工、縫紉、陶藝，本來學的是芭蕾，後來轉變興趣改學中國民族舞。高中她成為亞洲社社員，還曾經編舞給大家跳，在那裡交到很多來自不同國家的朋友。」

Kelly 家的傳統是，每個孩子一上高中（美國的高一等於台灣的國三）就得出去打工，「我先生不給小孩零用錢的，美國小孩每個都打工，我覺得這是好主意，要知道人間疾苦，不能在家當少爺小姐，賺錢很辛苦，想買什麼東西自己努力，父母只供應你到大學，其他就要自己想辦法，我們家每個小孩都有證照，什麼保姆證、救生員證的。」

「通常打怎樣的工呢？」

「其實不用去什麼大公司，像在餐廳端盤子、接電話、洗碗都可以，時間到了他們就自動出去找，街上的店一間間進去問，像我老大曾經去煎漢堡，為了賺多一點小費每天做到凌晨兩點，非常累，他回來講，我決定要好好念書了。」

川筑的二兒子數學好，於是去補習班改考卷，也很會寫文章，賺了不少獎學金，「但他足球踢得就不是那麼好，卻一直堅持到高中畢業，這種特質後來找工作很有幫助，美國公司很在乎這個人能不能堅持努力下去。」

繼承這樣的家庭傳統，Kelly 一開始也是去中餐廳打工，「老板很喜歡這個員工，因為總是滿面笑容嘛，做事也很有效率，於是想把另一個店面拿來開奶茶店，請 Kelly 幫忙，她就從菜單、看板到製作流程整個規畫好，算是一個很特別的經歷。」

後來家裡附近開了一家「貢茶」，Kelly 太喜歡他們的珍奶，每次去都說想去那邊打工，結果還真的應徵上，很開心做了兩年，「老板甚至想把店交給她，但她學校活動太多沒辦法接，不過只要有活動她一定幫忙叫貢茶的外送，說一定要推廣珍奶，也在這過程中認識了很多人，懂得不同人的辛苦之處。」

我對川筑能帶著四個小孩隨著先生工作各國搬來搬去實在感到太佩服，有一年竟然是橫跨三大洲，從亞洲搬到澳洲，再搬到美洲，「所以關於什麼東西是重要的，有哪些是可以放手的，我總算有了一點概念。」

搬家是這樣，人生也是。

「所以不管書讀得怎麼樣，我一直都給他們一個最重要的觀念，」川筑說，「今天活在這個世界上，絕不能想著靠誰，婚姻再好也不必完全只依賴對方給你幸福，變故隨時可能發生，而你們一定要擁有自己謀生的能力。」

05

你很特別

二〇二一年十二月的某天，當時北一女家長會蔡武恭會長傳了一個高一帶動唱比賽的影片給我，一看，眼眶就熱起來。

那是一年禮班的表演，音樂響起之前，有個女生扶著同學跑出來站在定位，被扶的同學雙手往前伸好像在測量或是防護，但腳步並不遲疑，她面向觀眾的雙眼像全世界最深的湖，極度平靜。

會長說，這是北一女有史以來第一位全盲學生，她叫林立翾。

Justin Bieber〈Stay〉前奏一響，立翾跟其他同學同時間整齊用力地踏出第一個舞步，接下來不管是跳躍、擺手、轉身全都做得充滿節奏感又到位，中間需要換位置時，旁邊的同學衝過來帶她，接著大家又一起又喊又跳的，後來才知道，那口號還是立翾幫忙想的：「七彩的夢想是青春最好禮物，一起前行，驕傲自信！青春年華，盡情揮灑！」

雖然偶而會有左右邊跟別人不一樣，或是沒辦法一直對準正前方，但女孩的表演全程沒中斷、沒猶豫，一樣充滿活力，一樣青春洋溢。退場時女孩們尖叫著快速跑向場邊，立翊也被同學牽著以我真的會擔心的高速衝刺，後來訪問時問她怕不怕，難道不會不小心撞到東西嗎？

她看著我的方向，堅定地說，「不會，因為我信任我的同學。」

真的就是那麼好！

立翊的爸媽視力正常，但生下的老大立翔與老三立翊不知為何都是視障小孩，林家所屬教會的牧師說，「他們只擔憂愁苦一天而已，之後就樂觀面對。」

立翊爸爸告訴我，「教會對我們很好，說這些孩子不只是我們的孩子，也是教會的孩子，聽到這句話我們就放心了，後來他們真的是在教會陪伴下長大的。」

立翊國中畢業後本來申請安置鑑定，希望以此進入北一女就讀，但鑑定結果不如預期，於是她跟大家一樣參加會考，並以優異的成績考進第一志願。

對於校方來說，一位全盲學生的到來也是極大挑戰，不但特教老師認真研究了教學方案，更與班上導師做充分溝通，入學前由母親帶著立翊進校熟悉整個環境，教育局也出資聘請視障生助理員幫助學習事宜。

約好採訪那次，特教老師吳老師，班導嫵卉老師，助理員慧萍老師，還有立翊班上兩位同學嘉岑跟芮珊都出席一起聊天，同學們說，第一次知道立翊是在線上班會時，「一開始老師是用訊息點名，我們發現只有一個同學沒有回應，後來改用語音，立翊就回答了，老師有跟大家說明她的情況。」

芮珊回憶國小有教過如何陪伴盲人行走，因此第一次與立翊見面比較沒有不知所措的感覺，「結果是她很主動來勾住我的手臂，除了需要指引一些轉彎或避開障礙物外，立翊其實行動自如，上廁所也可以自己去，然後她上課有用一個點字的顯示器，會快速浮出點字來，超酷的。」

大家都說立翊出乎預料的開朗活潑，每次一進資源教室就一路逗得每位老師哈哈大笑，在班上也是從一開學就努力記住大家的名字，還特地印了點字版的名條貼在每個人的桌上，「這樣我一摸就知道這個桌子的主人名字叫什麼。」

「妳覺得北一女的老師跟同學好不好？」我問立翊。

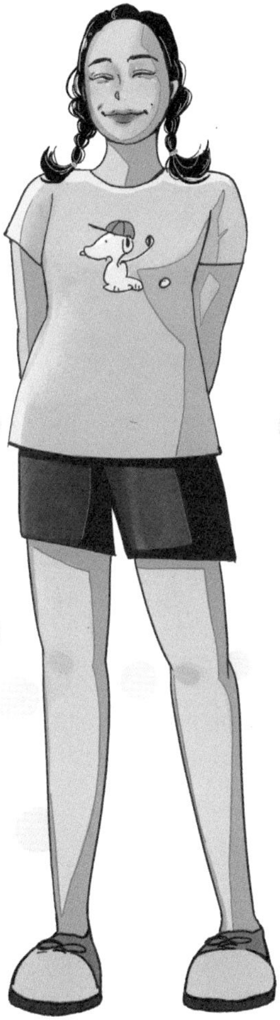

來自總統府女中的
全盲女孩林立翧

七彩的夢想是青春最好禮
物，一起前行，驕傲自信！青
春年華，盡情揮灑！

「不是好。」她回答。

「那是什麼？」

「是超級無敵好！」

放榜那天她知道自己考上了，心裡有些惶恐，她跟媽媽說，「這是我不配得的，我沒有那麼好，神真的愛我。」

於是暗下決心，同學能做的她也要做到，不管念書、考試、比賽、唱歌、跳舞、運動，都要跟得上，要跟班上大家一起爭取榮譽，而她的態度也得到所有人的正面回應。

嘉岑說，「我們從來不用等她，反而是她常常要在旁邊等我們，像跳帶動唱，我們學會再去教立翻，她記下動作後會反覆練習。」

林媽媽笑道，「為了這個表演，她在學校練，回家也練，做功課的休息時間還在練，這是她有生以來第一次參加這麼大型的舞蹈比賽，那天在現場看她跳，真的非常感動。」

表演完畢，在一年級二十幾個班級中，禮班拿到了佳作及團體精神獎，北一女評審團也增設了一個最佳表演獎給林立翻，當慧萍老師帶著立翻走到台前舉手謝謝大家時，全場都起立為她歡呼。

除了認真念書、參與班上活動，連微課程上的合唱團也非常積極參與，前陣子老師問有沒有人自願當指揮，立翊很快舉手，老師很訝異，但溝通後知道這小孩真的想做，便手把手地教她指揮的技巧。

平常還要做專業的游泳訓練，每天早上五點半就下水，歷來已經得到許多獎牌的她，那段時間還贏得了當年的慧行盃及全國中等身心障礙游泳比賽冠軍。

社團參加英語研究社的立翊，不僅說得一口流利的英語，發音更是令人難以置信地漂亮，芮珊說立翊連第二外國語的日文也一學就非常厲害，爸爸認為女兒應該是有語言方面的天分。

「那平常妳做些什麼休閒活動呢？」

「我喜歡寫作、唱詩歌跟編辮子。」

旁邊同學馬上說對對對，她每天來上學頭髮都編得很漂亮。

林媽媽記得女兒小時候最喜歡的繪本是《你很特別》，裡面描述一群小木頭人喜歡給彼此貼標籤，其中一個木頭人總是拿到灰點點，心情很沮喪，但創造這些木頭人的木匠告訴他，「你很特別，你是我創造的，我從不失誤。」說也奇怪，當木頭人把這話收進心裡，不再在乎別人對他的評價，身上的標籤就自動一一脫落了。

「我相信在神的面前，我也是個特別的人。」立翊說。

在一連串驚嘆後，趕快請教林爸爸，「你們是怎麼教小孩的，為什麼她可以同時專注在這麼多事情上？」

他笑了，「應該是因為眼睛看不見，省去了許多其他小孩玩電動跟上網的時間吧。」

這真是醍醐灌頂，回家趕快跟甜甜堂堂分享這個心得。

他們聽完之後看著我，「是很激勵人心沒錯，但媽，妳現在一直盯著我們的眼睛是在想什麼？」

「嗯……。」

06

唯一的熱度

那天建中舉行謝師感恩餐會，家長會長施佩佩（好妙喔為什麼建中家長會長大多是媽媽，而北一女家長會長大多是爸爸）找來之前超紅、以男扮女裝造型在高中女神網路票選拿到第一的建中高三學生「何廢料」當主持人，我一看馬上想，啊這個不採訪一下怎麼行，整個無心吃飯，都在抖腳思考怎樣才能認識到。

幸好堂堂國中要好同學晏瑋的媽媽湘芬是家長會的成員，她陪我去找施佩佩，會長說沒問題啊，何廢料是她兒子的好朋友（採訪工作多麼不容易，要透過這麼多層關係），所以今天能請他來主持，我問，「不是剩幾天就要學測，何廢料怎麼有空。」

湘芬跟會長異口同聲說，「妳不知道喔？他已經用特殊選才方式考上交大了！」然後帶著我去找主持完畢正在吃飯的何廢料。

本來以為一定是個活潑搞怪的小孩，沒想到應聲轉頭站起來的他，看起來憨厚誠懇又有禮貌，我說合照一下好嗎，他說可以可以，然後不太好意思地問，「我可以戴著口罩嗎？平常在網路上我都戴著。」

「是喔，疫情前就這樣嗎？」

「對呀，」他露出孩子氣的笑容，「所以我比大家早一點習慣每天戴口罩這件事。」

拚不到第一，就拚唯一

何廢料的爸媽都是老師，國小開始功課一直很好，一路公立學校考上建中，「進來我才發現，過去用功念書，為的是當第一名的成就感，但進了建中之後這種東西完全不見了，所以就在想，我可以追求什麼。」

以前沒有自己的手機，上了高中後終於有了第一支，加上很喜歡一個叫「尊」的 YouTuber 頻道，於是開始拍起影片，「現在想想，我到底是哪來的勇氣覺得自己也可以成為 YouTuber，但那時傻傻的，想做就去做了。」

剛開始根本沒人看，到處拉親朋好友也只能維持每支影片三十五個左右的觀賞次數，「直到拍了〈建中丟垃圾教學〉，教建中學生怎麼處理垃圾，才突然爆紅，很多人分享，粉絲也變多了。」

「你對建中學生不好好丟垃圾這件事很在意嗎？」

「非常在意，明明都是頭腦很好的人，為什麼這麼沒有公德心，把垃圾壓扁丟進垃圾桶裡並不難啊，我不懂，還有人會把廚餘倒進洗手台，好像這樣廚餘會自動消失不見似的。」

印象中，何廢料拍過建中上課中的教室，畫面裡有個趴著睡覺的人，老師以為學生生病了，後來旁邊同學伸手拉開外套，大家才知道那是個假人，超好笑的。

身為一〇八課綱第一屆的學生，他也試圖用影片來表達對於這不顧學生心聲學制的抗議，把〈漂向北方〉唱成：「排名在搖晃，入學的分數在下降，螺旋式教育太暈，我們暈頭轉向……。」

「為什麼想去選校園女神啊？」我問。

他笑起來，「其實我有選過高中男神，但沒選上，等到選高中女神，粉絲們叫我再去，我有事先跟主辦單位溝通，他們覺得只要是以女性形象呈現，沒什麼不可以，結果票數就很高，超過真的女生參賽者很多，滿意外的。」

票數最多的他獲頒特別獎，但在網友抗議下，何廢料變成與票數第二高的女生並列第一，「本來只是覺得好玩，但引起爭議對主辦單位還有其他參賽者很不好意思，拿到獎金後就捐給五個不同的公益單位。」

起初爸媽對他拍影片這件事很不以為然，「但也沒有真的阻止，只是在我太誇張的時候會罵一下，」他笑起來，「功課完全顧不到啊，自己也很挫，不過還是想做自己最有興趣的事，幸好發現有交大這個特殊選才，就用自媒體經營還有參與過一些一〇八課綱研究的資歷去申請。」

「考上交大爸媽很高興吧？」

「對呀，應該有鬆一口氣的感覺。」

何廢料不後悔高中三年花非常多時間拍出數百支影片，「因為是自己喜歡的事，也是年輕世代參與社會的態度，將來想做另一個頻道，加入商業元素，看看有什麼其他的可能性。」

「那回顧建中三年，有什麼想對學弟說的嗎？」

「就是呢，」他笑道，「來建中，拚不到第一，就拚唯一。」

滿心感動的媽媽我，一回到家馬上跟甜甜堂堂宣布（炫耀）：「今天我有訪問到何

YouTuber 何紹翊
aka何廢料

思考自己真正想要的是什麼，
才能鼓起勇氣，做真正想做
的事。

廢料耶。」

堂堂轉頭看我一眼，說，「妳又去蹭別人的熱度了。」

「啊反正天氣這麼冷……。」

07

可愛學姐好朋友是怎麼考出58級分的

現在很多學校不像以前會公布學測或指考考得很好的學生名字並讓他們接受媒體訪問，所以頗難知道一〇八課綱第一屆前輩們的讀書方法，那天聽說朋友的小孩這屆學測考出五十八級分好成績，數A拿到滿級十五分（而且沒補習）（還不是科學或數資班）（天吶～），立刻約定帶小孩出來吃個飯。

因為現在大家都怕網路上各種奇怪言論，所以就算考很好也是低調再低調，只能透露朋友的小孩是甜甜學校的學姐，朋友的小孩叫小奇（化名），她帶著從小就感情超好的同校同學小婷（也是化名）一起來。

小奇這次英文十四級分、自然十四級分，國文跟數A滿級；小婷則是數A拿十三級分，剩下的全都滿級。本來甜甜擔心氣氛尷尬，沒想到兩位學姐不但長得很可愛，講話也都超有趣親切的，就放心地一面大吃義大利麵，一面聽到很多寶貴的經驗。

我問她們，這次第一節數A考完，真的像大家傳說中的那麼慘嗎？

小奇點點頭，「有看到我們學校的蹲在廁所哭，還有人中午拿便當的時候還在啜泣。」

「那你們兩個有覺得真的很難嗎？」

「難啊，」小婷回答，「我一看到試題，想說這到底是什麼東西，心裡就一直念，分科考，要分科考了……。」（分科考就是以前的指考）

「我也是，」小奇說，「我哥（她哥哥前一年考上台大電機）教過我，拿到考卷先衡量這份考卷的難度，如果很難，那大家都會覺得難，可以把難題跳過，先寫會的題目，但我其實誤判了，以為這是大家會覺得簡單的考題，所以一直在跟那題最難的搏鬥，不過幸好後面還是來得及寫完。不過卡在那題的時候，心裡也是想，完了完了，要來研究一下重考班了。」

「結果公布成績那天早上看到手機訊息，跳起來，完全沒想到數A可以滿級，我以為頂多十三級分。」小奇笑道。

「那小婷妳呢？」我問。

「我從來不對答案，會考的時候也是，所以本來都想好要去分科考了，後來是我媽手機收到訊息，跑來告訴我說，欸妳考五十八耶，嚇我一大跳，不過我也想不起來當初填資料為什麼填成我媽手機了，學妹要記得，報名一定要填自己手機喔。」小婷還叮嚀甜甜。

小奇跟小婷從小感情就好，考完兩人都沒把握，還互相鼓勵，「我們約好，將來誰賺的錢多就養另一個。」

目前看來，兩人完全可以自己養自己啊，小奇的第一志願電機系跟小婷的第一志願牙醫系，應該都沒問題。

享受每一刻校園生活

她們覺得，以甜甜當時才高二的情況，應該還可以好好享受二年級的生活，「我們高二都在瘋打排球，全班每天一起練球，參加比賽，不管打贏打輸都抱在一起哭，這種感覺很棒，應該會是將來美好的回憶。」

「說真的，很少人高二就開始拚，除非是要念醫科的啦，否則七月再開始時間是夠的。」聽到小奇學姐的話，甜甜馬上轉頭對我大喊，「妳看吧！就說妳太緊張了！」

為了甜甜的面子，我不好意思當場反駁，不然也想喊回去，「啊妳是有人家那麼聰明齁？！」

至於七月之後的讀書方法，小奇是參加學校晚自習，「我們班先一起吃晚餐，然後稍微運動一下，再開始念書，還有家長會準備的點心可以吃，好多人都是因為那個點心留校的。回到家大概十點以後，就不再念了，滑一下手機，放鬆，準備睡覺。」

小婷則是回家自己念，「我很喜歡用計時 App，寫試題一定計時，強迫自己要在時間內完成，我跟我哥也是龍鳳胎（哇～），他在學校念，我們用同一個 App，然後比賽看每天誰念得久。」

大致說來，學姐們認為，衝刺期一天念八到十個小時算合理。

國文作文好好跟著學校老師進度練習，拿高分不難，英文作文的話兩人都是去補習班，每週練習一篇，數學部分，小奇規定自己每天要花一個小時寫數學題本，小婷也是不斷刷題。

「那手機呢？妳們有戒手機嗎？」

「沒有耶，」兩人都搖搖頭，但滿自律的，想念書時手機放在拿不到的地方，也把最喜歡滑的 App 像是 YouTube 等暫時刪掉，「要完全戒掉有點難，畢竟念完書還是需

低調卻傾囊相授的
學姐 小奇和小婷

找到最適合自己的讀書方式，享受校園生活的每一刻。一開始不知道自己將來要念什麼是非常正常的，大家其實都是看到分數才去想可以選哪些科系！

要放鬆一下。」

總之，她們的經驗聽起來，就是找到最適合自己的讀書方式，享受校園生活的每一刻，衝刺期有好友或兄弟姐妹相伴能讓過程有趣許多，爸爸媽媽不用擔心太多，要相信自己的小孩，「然後樂觀，」小奇強調，「心態真的滿重要的，不管什麼都要樂觀一點。」

「而且學妹，」她們跟甜甜說，「現在還不知道自己將來要念什麼是非常正常的，大家其實都是看到分數才去想可以選哪些科系。」

像小婷也是發現分數可以上牙醫系後，想起自己滿喜歡畫畫的或許挺適合，於是開始補素描準備牙醫系的二階考試。

幸好兩位學姐非常有趣地傾囊相授，本來一直抱怨為什麼要跟陌生人吃飯的甜甜聽得很開心。

其實那家餐廳的東西也滿好吃的，本來可以順便介紹一下，只是回家後第二天晚上我就開始畏寒拉肚子慘中諾羅病毒，所以就算了。

幸好只有我一個人出問題。（衝廁所）

08

型男飛行員育兒寶典

——專訪小奇爸爸　蔡武恭

那次去北一女幫忙打疫苗，一早抵達先領早餐，我才把口罩拿下來，準備把三明治塞進嘴裡，突然一個帥氣的爸爸走過來，看著我說，「妳是蘭芬嗎？」

天吶，這人是誰，我完全不認識，理著平頭、穿著格子襯衫，很高身材很好，濃眉大眼挺帥的，為什麼認識我？

「我是某某某。」他自我介紹。

看我一臉茫然，他趕快補充，「我們是臉友啊。」

媽呀，我居然不知道自己有這麼帥的臉友，太遺憾了。（到底是在遺憾什麼）

後來再聊一下，終於想起來他是誰了。

前一年差不多這個時候，北一女辦校慶園遊會，我回家在臉書上寫了兩百字不到的圖文，說居然有聊天攤位耶。誰想得到會被人轉發到PTT，而且一下子變成熱門文章第一名，媒體報導整個風向大歪，一堆人傳訊息來罵我，超恐怖的。

但其實有更多人跑來告訴我，他們知道我是善意的，只是一篇趣味介紹北一女園遊會的文章怎麼被弄成這樣，其中一個就是這位爸爸。

沒想到有機會見到那時讓我很感謝的人，太開心了，我一面嚼三明治，一面忙著跟他講話，才知道這個好心人現在是學校的家長會長，而且，是華航的機師耶。

他有四個小孩（哇～），老大二〇二〇年建中畢業，是台大電機系學測榜首，老二小奇當時是北一女高三。

這下不好好訪問一下怎麼行。

會長是彰化人，大學考到台北來念淡江，畢業後進民航局當公務員，「那時工作上接觸到很多航空公司，對這行業有了了解跟憧憬。」六年後考上華航機師培訓，卻因為不適應而選擇退訓。

「失業兩個月，又考回去華航地勤，這時候認識更多機師，和他們接觸之後，了解開飛機一點也不困難，就跟我太太商量，花了兩百萬自己到澳洲學開飛機，幾番波折，終於成為飛行員。」

這些年他開過波音737、747，現在則屬於777機隊，過去曾害怕開飛機的他，現在磨練成熟，已經當上飛行教官。

因為自己的學習經歷，他對小孩的課業並不強求，「看過身邊很多人的例子，覺得會不會念書不是最重要的，只要大方向正確，總會找到最適合自己的未來。」

老大出生後，他最堅持的教養只有閱讀跟運動，「我跟小孩子的路線，永遠是圖書館、公園、家，三點一線。」

他們常去行天宮圖書館，發現一套東方出版社的故事書，「一共有一百本吧，都是經典，連我都覺得好看，每天借幾本回家，一本一本陪他唸，這套讀完他開始會自己找各種書，慢慢養成閱讀的習慣。」

他覺得老大跟老二小時候並不出色，「很安靜，有點傻傻的，但因為喜歡看書，文字理解度高，學校成績就一步一步上來了。」兩個小孩考上建中跟北一女，學校老師都很驚訝，當爸媽的也嚇到。

然而閱讀能力對於學習有如此大益處這點，在孩子還小時看不太出來，現在回想，會長很後悔後面兩個小孩沒有像前面這兩個如此陪伴閱讀，「生到老三覺得可能是最後一個了，覺得很可愛，隨便他玩，沒有認真在意閱讀的事，結果真的有差耶。」

去年北一女家長會要選會長，大家意願都不高，前會長詢問是否可以幫忙，他想想就答應了，每天忙著學校後援的各種瑣事，「已經不知道多久沒跟老婆一起吃飯了。」

其中最困難的是募款，「上次有個媽媽跟我說，她本來想捐錢，但女兒說不用啦，學校已經很有錢了哪還需要妳捐。學校的公用項目的確因為有政府補助，相當充足，但用在個別學生身上的大多是靠家長會的經費，這麼多年看下來，我們真的發現資源越多，小孩的表現越好，像高關懷學生愛心基金就默默資助了許多經濟有困難的同學，他們後來對於社會的回饋真是超乎我們想像。」

「這實在是太辛苦了，像我就絕對不會想當會長，還要募款，壓力大死了。」我說。

會長帥氣地笑了，「我只是想把自己得到的福氣還諸社會。」

「怎麼說啊？」

「差不多三年前吧，因為工作久坐的關係椎間盤受傷，本來以為這下得跟熱愛的飛行工作說再見了，沒想到經過兩個月的治療，又能回到飛行線上。我太太兩年前發現乳癌初期，手術之後追蹤到現在，狀況都很好，加上小孩很健康，我覺得自己得到上天很大的眷顧，所以，能夠的話，想儘量幫助別人。」

會長，你講得如此大愛，害我都不敢問你有沒有趁飛到國外的時候，跟美女空服員一起出去玩了。（毆）

後記：最後我還是問了會長，到底有沒有跟美女空服員出去玩？會長笑說，「年紀大了落地後只想回飯店睡覺……」（那年輕時候呢）（踹飛）

09

可以不要這麼會念書又這麼好笑嗎

在臉書上寫了北一女兩位學測五十八級分美少女講一〇八課綱讀書方法後，想說那也應該來訪問建中的平衡報導一下，就問建中網紅何廢料有沒有認識什麼同學可以讓我採訪，他馬上說有，「我們班有兩個這次五十九級分的，應該有機會上台大醫科，」於是那天四人約在南昌路的「聚」吃飯聊天，三個男生好笑到我從頭到尾狂笑三個小時，完全忘記他們說了什麼讀書方法。（幸好有錄音）

兩位學霸分別是林宸緯跟蕭梃杰，他們也是何廢料影片中很常出現的成員，林宸緯向來以小林同學著稱，粉絲都知道他是建中「1%」（就是全校排名前百分之一），名言為「伏爾泰說過愚昧是產生專制的唯一土壤，奉勸大家好好讀書」。

蕭梃杰最紅的影片則是「建中生教你如何不翻牆還能出校園」，又高又瘦的他親自表演了如何從建中新近搭好的欄杆圍牆縫隙中穿身而過，聽說很多網友質疑影片有後製，那天他特地站起來把制服拉緊給我看，「不用後製，我身體就是這麼薄。」

梃杰除了可以穿牆，我覺得他的求學歷程也好傳奇，六歲時爸媽分開，媽媽靠著在百貨公司衣服專櫃售貨員的工作扶養他跟妹妹，「我從小到大沒補過習，說真的家裡沒那個錢，也沒人管我有沒有在念書，但就是一直有股想要挑戰自己能做到什麼程度的決心。」

他說國中功課並沒有特別好，考上建中算是意外，高一上還是很開心地耍廢打電動，「高一下覺得應該把高一上沒念的東西補回來，所以有開始認真念書。」

差不多是高二下的五月，進入正式面對學測的心理狀態，「我沒有補習嘛，就是每天放學後念三到四個小時的書，覺得閱讀量跟理解、融會貫通的能力非常重要，不管哪一科，前後脈絡及公式原理要在腦中自己整理一遍，當時覺得以我的程度提早一點準備，應該不會考差。」

九月開始衝刺，每天固定念五個小時左右，最後階段把手機放家裡，然後到附近的北投圖書館念書，「十點進去，念到晚上九點，扣掉中間吃飯休息時間，大概一天念十個小時。」

何廢料在旁邊笑道，「這要講一下，有不同女生粉絲傳訊息給我，說她們在北投圖書館常常看到一個背著建中側背書包，瘦瘦的，有鬢角，口罩顏色很花的男生，不知道怎樣才能認識他。我一聽馬上想到桱杰啊，就傳他的照片給她們，問是不是這個，結果真的是耶。」

沒想到這個苦讀的男孩居然成為最美圖書館一道最浪漫的風景。

但要說厲害，宸緯還是最厲害的，「1%」王子不是浪得虛名，不但國小到現在是永遠的第一名，在建中校排也常是第一，我好羨慕問，「你爸媽是有什麼特別厲害的教育方法嗎？」

「因為是家裡唯一的小孩嘛，所以他們所有力氣都花在我身上，非常重視家教，講話要字正腔圓，進退有禮，用功念書，給了許多規範，小時候因為怕被罵都有乖乖聽話，長大後才發現，這些規範都是人生非常重要的東西，很謝謝爸媽在我很小的時候就讓我知道這些，爸媽對我很好，他們的愛我有看到。」

天吶，這小孩也太乖太懂事了吧，宸緯甚至到高中也不打電動不玩社團，「那你讀書之外有什麼休閒放鬆的活動嗎？」

「有啊，一定要有休息時間的，所謂蹲低就是為了跳高，所以我唱老歌，每天我爸從三重騎機車載我到學校的路上，在後座唱個不停，還聽王偉忠廣播，看『康熙來了』！」說著他立刻眉飛色舞來一句，「楹杰的故事告訴我們，偉忠哥的話太對了，他說，千金難買少年窮，窮的話就會有很多創意，會想拚命努力。」

他也認為自己家境普通，「所以念書是我的本分，我們沒有背景，只能靠教育來翻身。」

於是從進建中開始，除了補習（他有補英數理化四科），放學固定五點到家，先念一個小時的書，六點吃晚餐，之後再念到十點，差不多一天讀書四個小時，十點準時上床睡覺，「我花很多時間念書，洪蘭老師說過，人的記憶源自於已知的東西，新的東西進來它會自動套入已知的部分形成知識網，只要網夠大，新知識進來就接得住，所以大量閱讀非常重要。」

學測前在媽媽建議下停用手機，七月開始照自己進度念，「補習班老師教我們，游二十五公尺前先看到那個目標點，然後再開始游，念書也一樣，我先設定好這段時間念書的目標，再衡量剩下的時間與科目分量，平均每天讀多少。最後衝刺其實跟平常差不多，可以說我最墮落的程度可能是其他人覺得自己最努力的時候。」

以下整理了兩位學霸的各科準備要訣——

國文，閱讀是各科之本

國文的出題有固定模板，前面的字音字形字意會從課本的十五古文中出來，要掌握好這十五篇。文言文題目很吃語感，沒別的辦法，平常就要多看多練習，除了跟著學校，還可以買題本回家自己寫。

白話文比文言文更難，除了多閱讀，刷題是個有效方法，一面刷一面就會讀到很多小文章。最困難的是混合題，要抓準題目的中心想法，輔以順暢的串連，再組合成文章表達出來，平常的練習很重要。

國寫的部分，不需要堆砌漂亮的文字，可以寫得樸實、有重點，避免漫無目的地發散，這樣就比很多人厲害了，最好是能清楚講出一個道理、一個故事，可以先從平常練習講清楚一件事給別人聽開始。通常自身的經驗較好寫，不一定要把事情真實呈現出來，而是以自身經驗出發，後續視情況加入一些自己想好的東西，堅守原本的主軸，有意識地書寫，就可以寫出好文章了。

英文，平均每天讀一點，維持語感很重要

英文有三個部分，閱讀、翻譯、作文，語感絕對不能掉，學校要考的英文雜誌等補

充資料不要擠在兩三天讀完，要平均分配、每天都讀，這樣語感才能維持一定水準。單字的部分，老師教我們的「語塊學習法」很有用，一次不是背一個單字，而是把相關搭配語一起背下來，例如不要只背 related，而是前後一起背 be related to，雖然複雜一點，但要應用時塞進語構裡，再加上名詞、形容詞，在腦中的處理過程就會簡單很多，而單字來源最好就是讀過的雜誌或做過的題目。

寫過題目後會訂正，把一些重要或沒看過的單字抄在本子上，通勤時加減背一下。

學測考題部分，前面單字掉一兩分沒關係，克漏字錯一兩個也沒關係，但後面的文意字彙跟篇章結構這兩項目絕對不能錯，因為一錯就是一串。文意字彙要注意詞性，先刪掉不可能的選項，篇章結構則仔細看轉承詞，例如「雖然」、「但是」、「所以」、「結果是」等等，用這些轉承詞把句子接起來，就能清楚辨識出前後的順序。

閱讀測驗要靠語感，平常多看文章，不要一直用同樣速度，而是每次都要求自己再看快一點，逼出閱讀速度來，讀完後問自己這篇想告訴我們什麼，文章結構也是很重要的東西，如果可以掌握結構，那閱讀測驗就不會是一個很難的東西。

翻譯主要是抓到句子的結構，英文文法是很嚴謹的，每個中文句子都可以解析為英文的句構，結構分析出來後，第二步才是去想中文對應到哪個英文。

英文作文主要掌握兩點，第一是轉承詞，第二是語塊，一開始要寫出一個主題句，之後邊寫細節要邊想結尾，最普通的是把前面的整理一下，厲害的就用名人名句。祕訣是語感，寫多了語感會打開，像小時候學寫作文，寫多就好了，準備學測期間老師會讓我們每週寫一兩篇，我們是會自己再多寫，請老師幫忙改，最後衝刺就不找老師，每天寫一篇顧手感。

數學，不要盲刷題，打破砂鍋問到底！

數學一定要懂基本觀念，不管什麼都要問為什麼，問到老師說這課綱沒有、不會考才停止。想不通的地方不要硬記，要找很多方法跟這不懂的東西產生連結，不要盲目刷題，搞不懂原理的刷題不如不要刷。

數學題目現在越出越活，這的確不太公平，對不那麼聰明但很努力的人不公平，現在的題目都是在考你頭腦活不活。

物理，掌握原理，基本觀念就夠用

一理通萬題破，把原理搞清楚最重要，滿多題目可以用基本觀念解開。現在的物理考題比較像在考閱讀素養，課本內容太簡單了，根本等於國三物理的延伸，所以考試時就給你一篇專業文章，讀完再答題，如果閱讀能力好，分數不太會掉。

化學，選修課也是必修課！

除了課本，選修也要學完，雖然大考中心說只考課本，但「探究與實作」是個大坑洞，把所有他們想考的東西都丟進去，考試時需要靠自己的閱讀素養當場把文章讀懂，而且立刻運用新觀念解題，其實那觀念都在選修範圍裡。

地科，理出大綱就不難

內容最龐雜，包括天文地質海洋大氣，但並不難理解，只是需要把所有大綱在腦子裡順過一遍，然後把東西用寫的寫出來，這樣就可以架構出邏輯。

生物，閱讀能力是關鍵

生物必修的內容太簡單，比起九九課綱，把動物、植物、生態三章砍掉，卻因此換來更活的題目，同樣又落入了考閱讀能力的情況。

注意考試當場宣布事項，才不會白白失分

他們舉例，像這次考試規定要簽名，但有人可能是緊張或是沒注意聽老師講的話，沒簽名直接被扣分，相當可惜。

吃完「聚」還沒聊過癮，週五晚上每家店都客滿，實在想不到地方只好邀請他們來我家大樓的健身房，三個人一面玩各種器材一面跟我聊天，腦子還超級清楚完全不打結，突然有種深深的遺憾感，早知道跟聰明的同學相處是這麼愉快的事，四十年前我一定會好好念書！（某摳零）

宸緯說，考前以為什麼大風大浪都見過了，結果第一節數學考卷一打開他心裡想，這是海嘯啊！

原來，就算這麼厲害的他們，也怕考試時會有意外！所以三人也都有拜拜的考前儀式，借助超自然的力量。何廢料最好笑，國中會考前拜到連文昌宮的〈文昌帝君陰騭文〉都背起來。（結果，他會考滿級分！）

最後講到最佳名次這件事，榣杰說他段考最好是校排四十左右，模考大概類排二十幾，那宸緯呢？榣杰搶著說，「他模考有一次是全台灣第一。」旁邊忙著玩跑步機、早在學測前就已經錄取交大海納百川學程的何廢料說，「我校排七耶。」

圖 108課綱升學管道與時程攻略

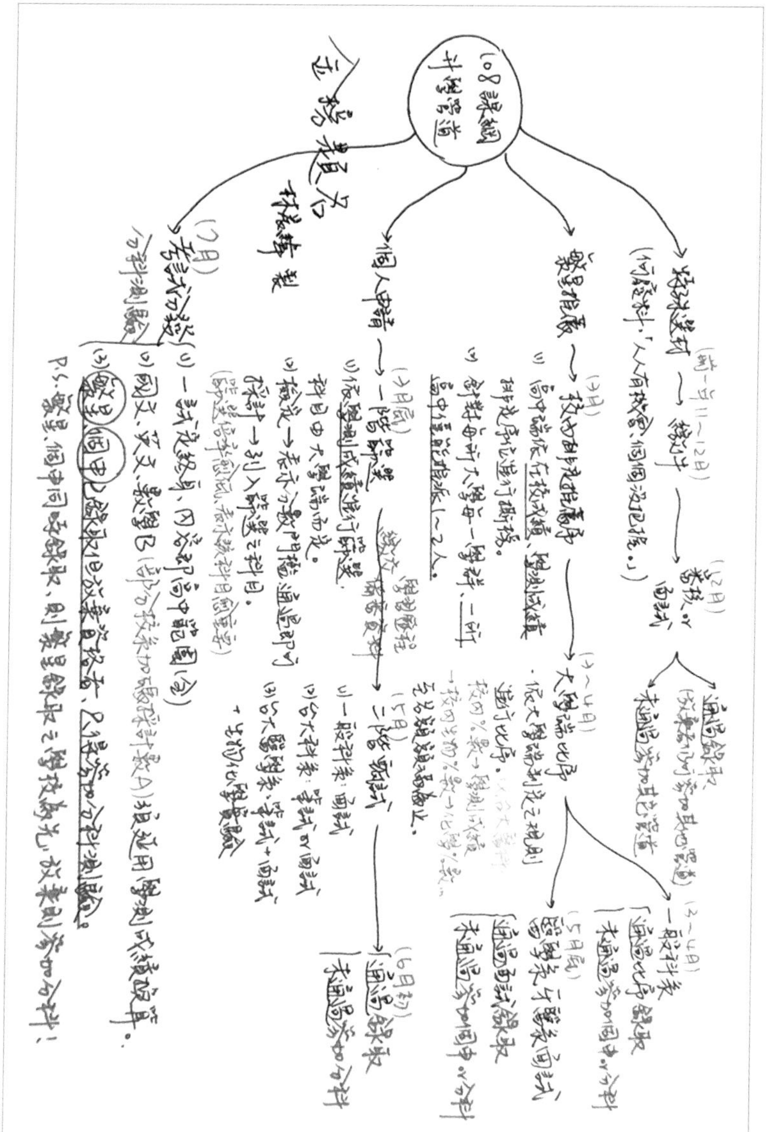

（林宸緯 製）

「真的假的？」我喊。

他不慌不忙說，「真的，去年九月學校福利社消費排行，我全校第七。」

10 二十分的媽媽與一百八十分的兒子

常有人跟我說，「會上建北的小孩，家境應該都很好吧。」因為大多普遍理所當然地這樣想，所以不管怎麼解釋，「公立學校大家各憑本事考進來，什麼背景都有。」或者，「就我觀察到的，並不是這樣喔。」好像朋友們也不是非常認真地聽進去。

這種時候我就會想講一下楹杰的故事。

〈可以不要這麼會念書又這麼好笑嗎〉這篇出現的蕭楹杰，原本住在桃園，爸媽離婚後，六歲的他和三歲的妹妹跟著媽媽搬回北投娘家，「從此我就必須自己一個人賺錢養他們兩個。」楹杰媽媽說。

幸好楹杰跟妹妹都是人見人愛的好孩子，國小時媽媽因為在餐廳工作的關係，無法接送小孩，「只好放學讓他去安親班，我在想，至少那邊還有人可以幫忙看看作業什麼的。」

椏杰媽媽娘家的家境也不好，國中畢業就沒繼續升學，選擇早點工作賺錢，「功課我自己是沒辦法教，好加在安親班老師很疼椏杰，甚至主動跟我們說，收少少的錢就好，這個小孩這麼乖，他們都很樂意照顧他。」

在同齡小孩課後忙著補習跟學各種才藝時，上國中之後椏杰沒去安親班了，而是每天放學後獨自一個人背著書包，先在小吃店吃一碗魷魚羹當晚餐，「吃膩了就換吃超商的魯肉飯。」然後去住家附近的秀山圖書館寫功課，寫完找小說來看，「主要看金庸，但好像只看完《天龍八部》跟《射鵰英雄傳》吧。」

沒大人盯著的聰明男孩子，電動是一定要打的，「鄉下國中很輕鬆，幾乎每天都跟同學一起玩遊戲，國二我媽媽把她舊手機給我，愛怎玩怎麼玩，沒人管過我，但國二下開始，段考前同學都在念書，一個人玩很無聊，而且玩太多會厭煩，所以也跟著一起念書，漸漸發現越來越多東西需要複習。」

我非常佩服地聽椏杰說，他是如何小小年紀便察覺念書的重要，「把前面的東西弄懂，後面準備起來才輕鬆，也是這時候吧，領悟到我需要有效率地分配自己的時間，哪些時間拿來念書，哪些時間拿來休閒，例如模擬考前一個月要集中火力地讀，念到九點或十點，回到家就好好放鬆，不念書了。」

「畢竟，」他的聲音總是聽起來很沉穩，「沒有人管我，我得自己管自己。」

感謝沒有放棄的自己

進了建中，照例都要先混一段時間的，「然後高一上最後一次段考校排出來，發現自己在全年級九百人裡面排七百五十名，眼睛看著成績單心裡頭想，我應該不只能這樣吧。」

當時的班導也很關心楹杰，鼓勵他不要氣餒，可以趁寒假努力一下，「於是我買參考書回來預習下學期的數學跟英文，結果下學期第一次段考數學考到九十分，立刻變得很有信心，覺得能堅持讀下去了。」

「從此懸梁刺骨嗎？」我問。

「沒有沒有，」他笑了，「沒那麼誇張，算是有把讀書跟休閒的時間分開，放學後在圖書館認真用功，回家還是會放鬆，打電動、看影片、跟朋友聊天。」

「在圖書館念書時也會分配各科時間嗎？」

「喔，有的，我英文不太好，所以剛開始撥很多時間念英文，像是我決定晚上六點到九點專心念書，這三個小時間會有一半用在英文上，剩下時間讀數學、國文、社會，後期英文有起色，就再多出一些時間讀物、化。」

「所以高中都沒補習？」

「對。」

「有擔心過大家在補習班寫很多題目而你沒有嗎？」

「有，所以國中開始我每學期都買徐式數學還有物化參考書回來寫，另外高一發現很多同學在補習班有開始寫英文作文，或是下課討論補習班的東西，有些很難的，很怕自己會跟不上，但手上也沒資源，只好盡量收集題目來寫，像是補習班發的範本或是網路題庫。」

「只要多寫題目就會進步嗎？」

「一開始會，但到後來會進入撞牆期，也就是說我題目量寫到以前的兩倍，但成績並沒有明顯的更好，這時候要停下來想一想是什麼地方出錯了。」

「哇，你真的是靠自己在考慮全部的事耶。」

「不這樣不行，沒有人可以讓我靠，家裡人也完全不懂。」

「後來找出突破撞牆期的方法嗎？」

「找到了，發現自己因為追求刷題的數目，一直做重覆的動作卻沒有思考，於是決定回頭，從最基礎的觀念下手，去理解底下最厚實的那一層，大量做基礎題，觀念搞清楚再著手困難的，後來真的就進步了。」

解決了英文、數學的困境，楹杰高三成績突飛猛進，三次模擬考成績分別是五十九、五十七、五十八，原本校排吊車尾的他，最好曾進步至全校前四十名，並一路維持至學測，考出五十九級分成績，順利進入成大醫學系就讀。

「對於這樣的結果你滿意嗎？」

「算，滿意吧……。」

「怎麼聽起來有點猶豫。」

「其實一直到學測申請學校時，才發現自己還有很多不足，太晚知道一些資訊，以醫學系來說，很多人高中時考過生奧跟數奧，甚至已經超修，比起來我什麼都沒做就很傷，人家的備審資料好得要命，如果我早點做了這些功課，說不定第一志願的醫學系也進得去了。」

「你會遺憾自己家境不好嗎？」

的確物質、資源上沒人幫忙，但很感謝自己至少知道要好好念書，在學校時老師跟同學也給我很多鼓勵，至於家境，那是一個無法化解的難題，我唯一能做的，就是背負著它，然後繼續走下去。」

不及格媽媽的教養哲學

我想起來與楹杰媽媽見面採訪那天，她回憶小孩小時她如何咬緊牙關支撐家計，「我自己不會讀書，能做的都是勞力工作，餐廳端了十幾年的盤子端到手跟腰都受傷，後來去專櫃賣內衣，薪水低，還受疫情影響很大。」

「妳有想過兒子這麼會念書嗎？」

「其實他從小就很聰明，我都沒時間管他的，但不知道為什麼，他幼稚園就會讀很多報紙上的字。」

「我真的很好奇妳是怎麼教出這麼棒的兒子的耶。」

「我啊，我只是從小跟他們說，將來要過怎樣的人生都掌握在自己手裡，要擺脫貧窮、過好日子，全部都要靠他們自己。」

「這也是一種教育方式啊。」

自己管自己的聰明男 蕭極杰
aka圖書館王子

感謝自己至少知道要好好念書。家境，是一個無法化解的難題，我唯一能做的，就是背負著它，然後繼續走下去。

「沒有啦，我是不及格的媽媽，連六十分都沒有，我是二十分的媽媽。」

「說不定正是因為這樣，妳的小孩才會自己努力到一百八十分，成全自己也成全家人。」

「希望是啊……。」

11 她是班上的姐姐，她是姐姐的妹妹

上次訪問建中高三同學何廢料、林宸緯跟蕭梃杰時，我提到下次要訪問的是師大附中的雙胞胎學霸，兩人學測都拿到六十級分。

「六十級？滿級？」他們驚訝地追問。

「對呀，雙胞胎女生。」

「兩個都六十級？天吶……。」五十九級分的林宸緯跟蕭梃杰沉默了。

「不過她們都沒有要填醫科喔。」

建中陽光男們立刻振作起來，右拳擊左掌說，「太好了！少掉兩個強敵！」

終於見到兩位建中生口中強敵的那天，遠遠看她們跟媽媽一起走過來，我立刻心生不平，三人呈現「凹」字、走中間的媽媽，是如何生出兩個這麼高的女兒的啦。

「喔，」媽媽（以下稱果媽）笑答，「大概是因為我先生吧，他一八幾。」就知道我嫁錯老公了。

果姐一七五，果妹一七六，兩人都又高又瘦戴著度數接近的眼鏡，長相甜美，果妹是這屆校排第一，果姐以總分〇・〇八分極些微之差位居第二，妹妹已經繁星上了台大工管，姐姐則以台大資工為目標，而外國大學也在姐妹倆的考慮之中。

果姐說她在高中班上被叫「姐姐」，而果妹則是「姐姐的妹妹」，原來她們一考完會考就參加美國 ASSE 國際交換學生組織，分別到明尼蘇達州跟北達科他州交換一年，回來後自然成為比同班同學大一歲的姐姐。

而也是因為國中時就決定將會去交換，「那年會考雖然我們兩個都是三十五・八分，卻放棄北一女，改填師大附中，因為覺得很多以前同學會在北一女，等我們回來她們就變成學姐，怕尷尬，但其實後來發現並不會，以前同學反而會以學姐的身分教我們很多事情，對我們都很好。」果姐說。

姐妹倆從小到大沒補過習，每天放學就回家，爸媽都在科技業工作很忙，也沒時間督促功課，她們就是自己念書自己安排休閒活動，「我們都很喜歡畫畫，爸媽有買一個電繪板讓我們輪流用，」果姐說，「我喜歡畫人像，我妹喜歡畫設計圖，她還喜歡縫紉，今天我們兩個帶的包包都是她自己設計、自己車的。」

兩人笑著承認她們都是理科腦，不喜歡看書，「上課一聽到老師講什麼《紅樓夢》就頭大。」後來是在 YouTube 上看到「小戲骨」演的紅樓夢，「覺得很有趣一直看下去，才終於弄懂那是在講什麼故事。」

整個聊天過程中，我印象最深刻的其實是果媽講的話。

她跟她先生都是在美國拿到碩士，然後回到台灣在科技公司上班，但從小他們都不是家裡最會念書的，曾經承受過讀書考試不小的壓力，所以不希望自己的小孩也面對這些，「我從不要求她們的學業，只在乎品格。」

果姐果妹在旁邊點頭如搗蒜，說媽媽完全不在乎她們考幾分，但如果沒有禮貌、沒有同理心或態度不正確，就會被嚴厲指正。

「太難想像了，」我問，「功課真的完全不管嗎？」

「對呀，念書是她們自己的事，我為什麼要管，管了就變成是我的事了。」

不想輸與不服輸

姐妹中果姐是比較愛講話的那個，果媽說常可以聽她把同一件事跟阿嬤、奶奶、妹妹、爸爸都分別說一遍，然後跑來又跟她說一遍，「每天都站在我房間門口講個不停。」

果姐說有時候考不好跑去跟媽媽哭訴，媽媽會回答她，妳先反省看看自己是不是真的足夠努力了，如果沒有，那考不好也是應該的，要是不努力也考得好，那叫其他很努力的人怎麼辦。

「所以什麼是讓你們一直用功念書的最大原因呢？」我問。

姐妹倆對看一眼，「應該是不想輸對方吧。」

從小吵到大，感情越吵越好，功課也是。

「大家真的很喜歡比較雙胞胎，像誰比較高比較瘦，誰功課比較好，」果姐說，「所以像我們成績一直都差不多，就更不想輸。不過也只是不服輸而已，在我們家，功課好並不是什麼可以拿來炫耀的事。」

至於沒有補習，是因為兩人覺得上課認真聽最重要，接下來就要靠自己理解吸收，「有些同學因為補習補太晚，反而學校上課會打瞌睡，感覺滿本末倒置。」

她們有個「廢紙念書法」，收集單面空白的廢紙，一有想整理的概念就在紙上寫下來，「像是公式推導，或是把複雜的概念圖像化，這樣更容易理解跟記憶。」

筆記也很重要，不管哪一科，遇到不會的或答錯的就整理起來，「考前六十天先把所有筆記從頭到尾讀一遍。」

國文把握字音字型和古文三十，作文她們上網查資料，然後將理性題大致分析為五大類，記住五種題型的寫法，「因為我們是理科腦，只能把握好理性的部分，感性題就只能靠運氣了。」

英文的話，因為她們出國交換過，底子不錯，平常考試前只要把英文雜誌的單字背一背就可以，但英文作文不太行，幸好高二曾準備過托福跟 SAT 考試，「念的時候很煎熬，但三個月過後，突然感覺程度變好了。」

數學要將所有觀念在腦中整理好，公式一一證明推導過，各種題型的算法都練熟，寫複習卷時遇到不會的馬上記起來。

自然科她們則是把常錯的觀念、寫錯的題目寫下來，之後反覆地看。

至於外國學校的申請，姐妹倆前一年八月才去找顧問公司，對方很驚訝，說怎麼現在才來，一般會很早就開始準備。

以加拿大大學為例，通常要看托福跟 SAT 成績、在校成績，繳交英文自傳，有的會以視訊面談，果妹說，「來跟我們面談的都是那個學校畢業校友，台灣人，但用英文聊天，我們自我介紹後，他們會從剛剛的內容裡找出題材來繼續聊，十五分鐘到三十分鐘不等。」

果媽講到自己在美國念碩士的經驗，認為大學畢業後先工作比較好，「像我在台灣念數學系，出去後念資管，課堂上的討論就看得出來，有過工作經驗的就是很強。所以我很希望她們先工作，知道自己需要什麼後再念碩士，這點外國大學比較有機會。」

對果姐果妹來說，高中最開心的是放學後兩人自己從學校跑到公館亂晃，或是在家畫畫、做裁縫，疫情前每個週末全家一起出去玩，還有跟家裡的狗狗抱在一起。

至於六十級分的意義？

「念書真的一點都不輕鬆，」雙胞胎笑著互指，「只是很高興沒有輸她而已。」

大一歲的雙胞胎
果姐和果妹

念書真的一點都不輕鬆，只是
很高興沒有輸她而已（互指）

12 與超能力美少女的相遇

兩個孩子念高中時，我都會點一下甜甜跟堂堂學校的家長交流社群，看看有沒有什麼好玩的事，有天發現一位媽媽貼了一個文，說她高三的女兒是北一女史上首位晉級資奧二階選訓的學生，想幫助對資訊競賽有興趣的學妹，意者可以加 LINE 一起討論。

我對資訊競賽一點興趣都沒有，但對這個小小年紀就會寫程式，而且還願意分享寶貴經驗的女生，實在太想認識了。

於是私訊這位媽媽，沒想到她很快回覆道，「天吶，我的偶像傳訊息給我！」

馬上對這家人好感度破表。（是有多愛被叫偶像）

一跟鄭允臻見到面，很快可以想像大家會怎麼將她的好成績視為理所當然，因為家世好（爸爸是大醫院的教授級醫生）、資源多（媽媽是建中輔導室老師），但只要像我這樣跟她聊兩個小時，就會知道天下沒有白吃的午餐，金庸小說裡不會有不用付出代價的絕世武功，而超能力少女，天生就要承擔拯救世界的任務。

之前寫的幾個學霸，有人覺得他們是仙界的人，如果是這樣的話，那允臻應該算是來自外太空某個星雲間的超能力美少女啦。

在數資班班排總成績第二，北一女繁星第七，採訪進行前一個月的資訊奧林匹亞選拔晉級二階，是北一女有史以來第一位，而學測成績英、數、自三科滿級，不論用資奧的薦送還是學測成績申請，都穩上第一志願台大資工。

「會想要開始努力念書，通常都是從得到一點成就感開始，」允臻說，「像我是國一時，突然某次段考成績是校排三，心裡想，喔還不錯，從那個時候開始有顧功課。」

這樣講太謙虛了，應該更早之前她就是個為了喜歡的事可以全心投入的小孩，國中她當管樂團短笛手，國三還參加台北市音樂比賽，眼見要會考了仍堅持每天練習長笛和短笛，最後拿到長笛組冠軍，功課也沒荒廢，順利考上北一女。

國中畢業的暑假參加台大資訊營，「我用 Python 寫了一個玩圈圈叉叉的小程式，覺得實在太酷了。」

回家後她開始在網路上 codecademy 免費課程，自己學 C++，而原本以為自己不是理科腦的她，因而決定考數資班，並且選擇資訊組，光是高一上學期，她就在高中生程式解題系統 ZeroJudge 做了超過兩百道題，還從網路部落格學習技巧，「有個部落格很棒，『YUI HUANG 演算法學習筆記』，格主叫黃惟，就讀新竹女中跟我同屆，我們是比賽時認識的。」

「那妳學校課業怎麼辦？」

「我儘量在學校把所有課程讀完、功課寫完，在最短時間內發揮最大效能。」她說，「回家先放鬆一下，吃過飯後小睡十幾分鐘，接下來就是寫程式跟做題目，大概三個小時左右，最晚不會超過十一點。」

「那都不用什麼娛樂嗎？」

「不用，寫程式就是我最大的娛樂。」（天吶……）

身心跟不上了……

但就是因為太想同時把兩件事都做好，她開始出現頭暈、肚子不舒服的情況，常常需要去保健室，卻怎麼也檢查不出問題，直到照了心電圖，允臻心臟內科的醫生爸爸看了說，「啊，是自律神經失調。」

「媽呀，妳還這麼小就自律神經失調，那怎麼治療呢？」阿姨太擔心了。

「就吃藥，提醒自己要放鬆，不然之前是連吃飯都在念書，覺得每一分每一秒都要把握的。」

之後她考上台大資訊之芽算法班，接觸演算法平台及演算法資源，參加IOICamp、SCMS、IONCamp等營隊，並經過校內外各種比賽後在高二的北市資訊學科能力競賽中拿到第十七名，進入選手訓練營受訓，她認為自己第二次的市賽一定可以前十名，進入全國賽。

然而上了高三，競賽與升學的雙重壓力讓人喘不過氣來，建議擇重課業的允臻媽媽說，「我告訴她，憑學測成績她一定也可以上台大資工，寫程式當興趣就好。」

「我不要，」允臻笑說，「我就是不服輸，看到別人那麼強，我也想要。」

但身體終於還是面臨了極限，市賽的前一天發現心臟不舒服，雖然吃了藥，第二天比賽時突然變得很嚴重，頭暈加上呼吸困難，「我覺得繼續盯著螢幕會死掉。」雖然後來還是拿到第十二名，卻無緣晉級全國賽。

允臻情商相當高，她馬上調整心態，列出五大重點跟自己喊話，「想得近一些，有進步的一天就是美好的一天；天賦不夠，恆心來湊；想想自己的優點，鼓勵自己做得好的地方；只有自己會看不起自己；要傾聽自己身心的呼喊。」

果然在接下來二〇二二資奧選訓營，順利以一階前十二名的成績進入了二階選訓，學測成績也如預期達到目標，「經過兩次大發作，我明白自律神經失調可能會伴隨我一輩子，只要感到不舒服，會先深呼吸，等身心都平靜了再繼續。」

又鬧又聰明的天才們

即使過程如此辛苦，這個身高一六八，腿長得到我胸口的可愛女生，還是覺得每一步都很享受，「在資訊之芽認識了念大學的我師父，有什麼問題就抓著他拚命問，再簡單的都很有耐心回答，還認識到一群超級有趣的競程圈朋友。」

例如台灣史上第一個資奧女國手、就讀師大附中的侯欣緯，「她很可愛，喜歡看動漫，還寫了關於演算法的愛情小說，選訓營我們住同一間，她有時候梳頭髮梳一梳就說，欸我想到一個跟梳子有關的寫程式的題目。」

還有，才高一已經是國手的劉澈也是天才，「他從小到大都一個爆炸頭，像愛因斯坦一樣，國小用清大線上平台學微積分，然後參加美國大學先修課程考試，微積分拿到滿分喔。」

允臻說競程圈的人都很單純沒有心機，不會搞小團體，不過有些很好笑的風氣，「大家都裝弱，比如有兩個姓鄭的人，他們會互相鞠躬，說你是鄭教授，我是鄭笨蛋。」

平常大家會一起約去騎腳踏車、玩桌遊，「而且有個固定儀式，不管熟不熟，比賽完一定要一起去吃拉麵。」

「你們這些聰明的人也太有趣了吧。」我覺得根本可以拿來寫成天才故事的劇本，太有畫面感了。

允臻媽媽說，「她們數資班也很好笑啊。」

在班上有三個死黨，「我們會約好一起戴墨鏡去小熱，或是去小熱批一堆『來一客』回班上賣。有一次老師嫌我們上課太愛聊天，把我跟另一個人的座位隔開，還規定不能轉頭跟對方說話，於是我同學就拿一個夾式鏡子夾在桌邊，調整成剛好可以看見我的角度，然後我們就用唇語在鏡子裡聊天。」

「太搞笑了啦，妳還做了哪些奇怪的事啊。」

允臻突然一拍大腿，「我還死纏爛打建中生。」

「蛤？」

「其實是因為建中有資訊讀書會，但北一女沒有，我就拚命拜託我同學的國中同學讓我進去聽，後來他們破例，第一次讓外校生參加這個本來只給建中生的讀書會。」她說最希望的是學會讀書會的經營方式，然後帶回北一女，教給有興趣的學妹，像成立LINE群組就是第一步。

「說真的，妳這麼正，都沒人追妳嗎？」這位阿姨好煩人。

「目前沒有想這方面的事耶。」

「那妳喜歡哪種類型的男生啊？」

超能力美少女想了想，「因為喜歡看韓劇嘛，所以以前都想找帥的，就是那種『穿衣顯瘦、脫衣有肉』的，如今標準沒那麼高了。」

「所以現在想找怎樣的？」

「會寫程式的就好，」女孩體諒地說，「如果要會寫程式還要會健身，這樣也太難了。」（阿姨覺得還是健身簡單一點）（雖然我兩樣都不行）（你們才是我的偶像啊啊啊）

北一女的程式少女
鄭允臻

想想自己的優點，鼓勵自己做得好的地方，只有自己會看不起自己，要傾聽自己身心的呼喊。

13

讓我做你的阻尼器

——專訪鄭允臻媽媽 曾毓芬

訪問鄭允臻的媽媽曾毓芬談小孩教育，是非常痛快的事，因為她同時也是建中輔導室老師，開口必是重點，講的每句話都讓我佩服得五體投地、點頭如搗蒜，因此想以金句方式來呈現重點。

別人的孩子總是不會讓你失望

「別人的孩子怎麼都那麼優秀，」曾老師說，「但每次聽完別人教養的方式都很失望，因為會聽到一些很難做到的常識性答案，教養很複雜，牽涉到太多，因此最後都只想知道他們去哪個補習班。」

應該用愛心而不是擔心來陪伴孩子

我們常跟孩子說你現在這麼差怎麼辦？考不上好大學怎麼辦？考不上好大學以後工作怎麼辦？現在房子這麼貴你沒有好工作以後買不起怎麼辦？

這些問題都沒有錯，曾老師表示，「但自問，我們現在四、五十歲的人，對這些問題有沒有答案？如果連我們都沒有答案，如何叫十幾歲的孩子承擔？你只是在加深無力感，把我們的焦慮加在他們身上，我們應該給孩子的是盼望，讓他在不同面向裡看見機會、看見希望，而不是把我們的擔心加在他們身上。」

讓孩子去追蝴蝶而不是被老虎追

允臻媽媽的教育理念，是希望孩子因為有追蝴蝶般的夢想而熱情追逐，而不是因為被老虎追逐而奮力奔跑，「或許孩子還小時我們可以當虎媽，但長大後，你會希望他們是因為怕我們而努力，還是因為有夢想而開始奔跑？」

允臻的夢想曾經是當獸醫師，因為她有一種能讓所有動物主動靠近她的魔力，但，「國三畢業那年，我讓她去台大進修推廣部上一門程式語言的課程，竟從此找到她一生都想要努力的目標，她的寵物變成了電腦。」

他們帶著孩子到處看她到底喜歡什麼，後來才發現，「允臻不是喜歡動物，而是喜歡新鮮、有趣、有挑戰的事物，程式太棒了，因為永遠解不完。」

從這裡開始，允臻爸媽終於確定了女兒已經開始追起人生的蝴蝶。

你的孩子不管在哪個階段，留心他們身體的反應

明明找到人生目標，又享受北一女的學校生活，允臻卻突然生病，「噁心、反胃、肚子痛、暈到無法上課，甚至在意的程式競賽都不能全力完成，找不到原因的病痛讓她幾乎要憂鬱了，」媽媽回憶，「直到一次做了心電圖，心臟科醫師的爸爸看了才發現，她是自律神經失調，難怪我們問她有沒有壓力她都說沒有，原來她不是有壓力，而是太興奮了。」

人際關係、無助感、過度興奮等各種太大的情緒都會讓身體發生狀況，「你的孩子不論在哪個階段，留心他們身體的反應，可能都是不同壓力造成的。」

心疼討人厭的高中生，也不忘照顧媽媽本人

高中生大多自我為中心，脾氣很差，講什麼都沒用，好像總是在一直忙一直忙，

「這階段你必須容忍混亂，高二會越來越糟，我女兒一直在競賽上努力，大家會覺得是有意義的事，但我覺得沒有必要做到這種程度，她念書就可以上台大資工了，不用忙到搞壞跟家人關係，自己作息也亂掉。」

可見資優生的媽媽也是有很多煩惱的。

「髒亂到不行，討人厭，在教室都給我躺在地板上，她累了就什麼都不管，所以高二這階段你得容忍他們，不管是在社團、功課、專題，會有很多壓力，親子關係緊張，但說不管你又心疼她，所以媽媽也要照顧自己，不然會氣到受不了。」

訓練強心臟，愛抱怨可能不是高中生的錯

高二生會經歷各種內外衝突，並不是想跟誰作對，「只是處於一個自我認同的階段，他還在想我是什麼？我到底是誰？適不適合做這件事？我的夢想到底有沒有機會？」

都是為了一些小事，莫名的他們就會怨，有個同學抱怨媽媽一直做便當，說她對自己這麼好就是要給他壓力，就是情緒勒索。

聽到這裡我都嘆氣了。

「所以大家心臟要強一點，這階段的孩子什麼都可以怪父母，因為在這內外衝突的階段，他們也不知道自己到底怎麼了。」

其實重考真的沒什麼

「允臻太投入比賽時我們很擔心，但她跟妳說什麼，她說我寧可重考，就是要打比賽，如果學測考差了進不了台大資工，我就重考。」

毓芬說，不知道有多少父母可以接受小孩這樣選擇，「但那時我沒有直接反對，而是跟她講，好，如果這是你的選擇我同意，但重考補習費我們一人一半，」她笑道，「現在我想法不同了，如果重新來過，她再這樣跟我說，我會說我全部幫妳出。」

允臻的姐姐三年前學測失常，卻憑著繁星推甄上北醫醫學系，雖然念得非常好拿到書卷獎，仍決定「在學重考」，一面上課一面準備再考一次學測，「她一直覺得學測是個遺憾，唯一能解決這個遺憾感的就是重考，全家一起討論後決定，如果有些事是只有現在可以做，為什麼不做？於是姐姐重考考上了陽明醫學系。」

「走完這三年我體會到，其實重考真的沒什麼，尤其像姐姐去過北醫，又去陽明，重考的學生多得不得了，連重考兩年、三年的都有，大四畢業再回來的也有，還有一個是二十八歲才考進來的。如果高中這三年是一生無法再回頭的時光，我會支持她這時去做她想做的事，真的要重考就重考，有什麼關係？她自己的選擇自己承擔，我只是出錢而已，還好，對不對？」

我們有什麼好抱怨的，要修正的是我們自己

對於允臻的夢想，成為資奧國手這件事，毓芬坦承，「其實從頭到尾我都覺得不可能，但這不能講，最後她還是沒成為國手。允臻有進二階，拿到亞太資訊奧林匹亞銅牌，是北一女有史以來第一次，別人都說她優秀，媽媽卻還講什麼辛苦，說真的，我們有什麼好抱怨的，要修正的是我們自己。」

所有發生的事都有它的理由

允臻媽媽認為，女兒在過程中所付出的努力和經歷的挫折都是值得的，「不是因為最後真的做到了什麼，而是她終於明白，人生中有些事情的發生，當下不明白，等有一天回過頭來會發現一切都是有意義的，所有發生的事都是有它的理由。」

她說，「這個體會會幫助她在往後的人生，即便經歷痛苦，但她心中能夠有這份信

念，讓她能帶著一點點盼望繼續往前走。我覺得這是最寶貴的。」

有些孩子需要等待

常有人抱怨，小孩沒有學習動機，曾老師是這麼看的，「我們都希望小孩有動機，但孩子的問題通常罄竹難書，父母可以先問自己能先做什麼改變？理性地分析，如果他有十樣必須改變，哪一樣你最在意？或最容易改善？這也會幫助父母從教養的挫敗中一點一點建立自信，從小小的事中得到成就感。我們跟孩子一樣，哪一件事是現在可以改變的、有成就感的？找出那個，動機就可以漸漸提升。」

「有些孩子需要等待，可能他還在某個時區，有些已經看到太陽，有的還在黑夜，你的孩子只是在不同時區，有一天他也會天亮，人生不是學到就是得到，我們可以跟他一起期待、等待。如果著急有用就繼續著急，如果沒用就不要再著急了。」

按照力學原理才能一起前進

「孩子有喜歡的事情很難得，他們欠缺的只是方向，如果兩邊意見不同，按照力學的原理，就無法一起前進。要想辦法找到一個平衡點，最重要的是千萬不要拒絕。」

孩子在蓋生命中的一〇一，我們要做他們的阻尼器

允臻媽媽的總結我非常喜歡，實用且富有詩意。

「父母可以了解一下複雜的升學規則、了解一些科系的差異，不是讓你很專精，至少是小孩高三時要懂一點，不是要你給他們方向，而是當他做決定時不要隨便給他們建議，他們會看不起你，高中生很喜歡看不起父母。我們家每晚八點會聚在一起分享，買很好吃的東西一起吃，熱臉貼冷屁股也沒關係，或者開車時，創造一些連結，不然有時發生憾事，父母都說不知道他們在想什麼。」

她說，「最近發生很多令人不開心的事，世界感覺是那麼的混亂，但大人身心平衡很重要，有時小孩的不平衡是受大人影響。父母看到成績不要害怕，分數跟未來不會是等號，盡量平淡一點去看待現在發生的事，等到他們找到自己想做的事，一定會奮不顧身去努力，孩子很努力在蓋他們生命中的一〇一大樓，讓萬丈高樓平地起，而我們唯一要做的事，就是當他們的阻尼器。」

14

魔方少年的零點二秒

「二〇二二建中魔術方塊公開賽」五月二十九日在建中舉行，就讀建中三年級的王楷文在三階單次項目中轉出了四．九九秒，破全台紀錄。第一時間看到他爸爸（剛好是我臉友）貼出的影片，我都跟著歡呼了。

之前此項的紀錄就是楷文自己在國一時創下的五．一九秒，這次轉出的新成績讓他成為台灣第一位魔術方塊三階單次轉出五秒以內的選手。

其實知道楷文已經好久了，在堂堂高一時的建中園遊會，我無意間逛到魔方社攤位，被坐在那邊高速轉魔術方塊的社員嚇到，當時他們說，「我們教學長王楷文才是最厲害的，他有十項台灣紀錄、兩項亞洲紀錄，還有四個項目是世界排名前十。」

結果那天我在學校轉來轉去都沒等到教學長本人出現，一直覺得很遺憾，幸好後來跟他爸爸成為臉友，而且那天楷文比到很晚才回到家，應該已經很累的他居然還願意跟我講電話。

與魔方初次相遇

楷文四年級時有一次跟媽媽去五金行，生平第一次看見魔術方塊這種東西，「我拜託媽媽買給我，回家轉了一個晚上怎麼都轉不到六面同色，媽媽說她以前有買過一本魔術方塊的書，我拿來邊看邊轉，兩個禮拜後不管怎麼弄亂都可以恢復了。」

從那天起到現在，楷文每天都在轉魔術方塊，五年級開始參加比賽，六年級打破單手三階台灣紀錄，接下來在各種魔術方塊比賽中他一共打破台灣紀錄二十一次、亞洲紀錄三次，大陸魔方界非常注意楷文的狀況，每次一破紀錄就會報導，也因為比賽時看起來都非常平靜穩重，媒體還暱稱他「淡定哥」。

他說每天最喜歡的還是玩魔術方塊，不管走到哪身上都要有一個才覺得安心，「生活中最期待的事是什麼呢？」我問。

「應該還是比賽吧，我身邊很少人喜歡魔術方塊，只有比賽時可以遇到一群這樣的同好，然後比賽完再約出去吃飯聊天，感覺很開心。」

「那你們聚在一起還是聊魔術方塊嗎？」

「不一定，也會聊聊他們學校的女生什麼的吧。」

「啊，說到這，有沒有女生因為仰慕你而想跟你交往呀？你可以小聲一點回答，不要被你爸聽到。」

「喔，」楷文笑出來，「我可以大聲講沒關係，因為並沒有那樣的人出現。」

「聽說你之前去二階面試，教授說看不懂你寫的魔方教學。」

「嗯，他們說那些好像數學公式，但又完全看不懂。」

「然後你有轉魔術方塊給老師看嗎？」

「有，因為寫在學習歷程裡了嘛，面試的教授問能不能轉給他們看看，我就轉了一下。」

「大家有被嚇到嗎？」

「是有說他們可能轉一年都轉不出來。」

「現場應該有人歡呼吧？」

「後面有一個幫忙錄影的學長突然大聲鼓掌了。」

楷文爸爸在金融業的數位部門工作，媽媽是台大日文系老師，因此雖然在魔方的表

淡定破紀錄的魔方少年
王楷文

我也很想知道自己破紀錄會不會也跆起來繞著會場跑兩圈！結果，我只是處於原地震驚發呆的狀態！

現上楷文給人邏輯強大的印象，但最喜歡的科目卻是英文，平常還自己學日文，將來希望念的科系則是與太空科學有關。

有這麼一個天才小孩，楷文爸媽一直是全力支持他所有喜好的，學科方面也不勉強，爸爸考前跟兒子約定，「我說我來準備考台大研究所在職專班，你努力拚學測，我們明年一起上台大，結果我考上了，楷文則因為科系的關係沒有選擇台大。」

那就是我緊張的樣子

關於在建中魔術方塊公開賽中破紀錄，我問楷文，「我看你比賽前都會先看著弄亂的魔術方塊幾秒鐘，那時你在想什麼啊？」

「在想第一階段的路徑。」

「是這樣啊，我還以為你會一口氣把後面所有的轉法都想出來。」

「那樣的話就是比盲解的方式了，三階比賽的話只會想好前面，之後就看轉過去之後的狀況來應變。」

「你所謂的應變只需要這樣三、四秒喔？」

他笑出聲，「嗯，差不多是這樣。」

「難道你都不緊張嗎？」

「還是會。」

「我從你表情完全看不出來啊，只發現你有一直用手帕擦手。」

「那就是我緊張的表現。」

「那破紀錄你有高興嗎？」

「有。」

「我也真的沒看出來。」

「其實比賽前有想過如果今天破紀錄的話我會怎樣。」

「其他選手破紀錄通常會有什麼很高興的表現呢？」

「我有看過有人站起來繞著會場跑兩圈的，所以很想知道自己破紀錄會不會也這樣。」

「結果？」

「結果可能還是處於震驚發呆的狀態吧。」

楷文爸爸說在魔方的世界裡，要進步〇．五秒難如登天，「楷文的三階單次台灣紀錄，從五．一九秒進步到這次的四．九九秒，這〇．二秒花了四年半的時間。」

但腦中自有其另一個世界的楷文，有次被問到對第二名與他秒數差距的看法時，卻語帶鼓勵地肯定對方，「其實沒有差很多，下次只要他再轉快一點就跟我一樣了。」

哎，阿姨我也知道只要少吃一點就會變瘦呢。

15

這些聰明的小孩，我們都不知道他們在想什麼

——專訪王楷文爸爸

大家都羨慕王楷文的爸媽，覺得他們好幸運能生到魔方天才，但王爸爸口氣很無奈，「天才通常不太會表達內心真正的感覺，這麼多年下來我也還是不懂兒子在想什麼，唯一能做的就是陪伴吧。」

楷文是個敏感的孩子，小時候承受挫折能力不太行，「他很想快速轉好魔術方塊，但剛開始真的做不到，他就邊轉邊哭，我心裡想轉不出來可以不要轉嘛，怎麼這麼執著，真是奇怪的小孩。」

楷文媽媽是大學老師，對教育的理念是讓孩子多多嘗試，「我太太會買各式各樣的東西回來讓他們兄妹玩，像女兒對色鉛筆畫圖很感興趣，但楷文不喜歡畫畫。」

「那還沒接觸魔術方塊前，他喜歡什麼呢？」

「喜歡下棋，剛開始學五子棋時他只是陪練，沒想到練到後來老師讓他正式上場，那次一路過關斬將四戰全勝，居然拿回一個全年級冠軍。」

「哇，他天生邏輯運算很強對吧？」

「可能吧，但表達能力就不太行了，不過說起來，要說他是理工腦嗎，卻又很有語言天分，因為打遊戲跟找資料驅動了學習日文的企圖心，他光靠自學在高二就考過了N4檢定，另外還學了德文、俄文，為了接下來去韓國打魔方的世界大賽，也開始學韓文。」

「天才無誤。」我驚嘆。

「我也不知道他算不算天才，」王爸爸嘆氣，「念書方面可不太行。」

「怎麼說不太行？」

「國中以前可能可以靠聰明取得好成績，雖然沒有十分用功，畢業還是拿市長獎的，但上了高中沒辦法運用同樣的讀書方法，加上在建中一直找不到歸屬感，也不喜歡補習班擁擠的環境，說不知道念這些教科書的意義在哪裡，所以大學就沒考好。」

「關於這部分他自己是怎麼想的呢？」

「他不太在意學校的名氣，沒考好也滿懊惱，但最終決定還是去念自己有興趣的科系，選了中央的太空科學與工程學系。」

楷文去到中央大學念書後，爸媽突然發現兒子變了。

「以前他不愛運動的，現在居然可以因為同學約，他願意一起去夜跑，一早起床游泳，一起去圖書館念書，一起去交大修課，」講起來，楷文爸爸滿腔感謝，「果然離開家住宿舍是個好的契機，本來我們非常擔心他生活自理能力與人際關係，沒想到他順利過關。」

魔方天才的平凡煩惱

鬆了一大口氣的王爸爸，終於能夠輕鬆地回憶起兒子小時候種種奇特的天才行為：

「楷文平常慣用手是右手，但能左手單手轉魔方，國一有一次數學考試題目出得又多又難，他兩手拿筆輪流寫，居然還考了一百分。」

「大學學測作文沒寫完，因為他覺得沒有找到最完美的寫法……。」

「國中時他突然主動報名了字音字形比賽，得了第一名，這太不像平常的楷文，我們問他怎麼想去比這個，他回答，因為我覺得很可能會被叫去比演講或作文，所以乾脆先報這個，以絕後患。」

高三學測後他確定有大學念之後，便拚命練習魔術方塊準備建中魔術方塊公開賽，練到兩千轉之多，每天都是打亂重來、打亂重來，果然僅僅一天的賽程，楷文就連破台灣單次、平均紀錄共九次，破亞洲紀錄五次，他爸爸說，「這不僅是台灣獨有，甚至全亞洲也極為少見。」

楷文至今累積打破亞洲紀錄十次，打破台灣紀錄二十九次。其中最經典的三階魔術方塊項目，由國一開始就是台灣紀錄保持人直到現在，最佳世界排名為第四。

從小五就帶著兒子南征北討的楷文爸爸儼然已是經紀人，他準確記錄兒子的每一段進步，「他會一直推進自己的紀錄，目前單次最快的三階魔方正式比賽紀錄是四．七八秒。近六年來，擁有十個魔術方塊比賽項目的台灣紀錄，這兩年則有四個項目一直維持在世界排名前十。」

目前楷文正在積極準備組團去參加在韓國仁川舉辦的「二〇二三魔術方塊 WCA 世界大賽」，「這真的是他多年來的夢想，現在終於要實現了，而且是在他最好的年紀、最好的狀態。」楷文爸爸對於念了大學後感覺煥然一新的兒子，充滿了信心與期待。

上大學以來，似乎許多事情都豁然開朗，不再需要父母操心，唯獨一個現象，楷文說他怎麼都想不通。

「啊，連這麼聰明的他都找不出答案的意思嗎？」

「對呀。」

「我太好奇了，會是什麼事啊。」

「就是呢，」楷文爸爸回答，「在他終於學會用洗衣機每天自己洗衣服後，發現一個懸疑的現象，他回來講，為什麼我的襪子總是會越洗越少，它們到底跑到哪個時空去了？！」

輯二

有點不一樣，卻閃亮亮的選擇

16

他考上台大醫學系卻不能去念

大家還記得我訪問過的三個又會念書又超搞笑的建中生嗎？最近各個學校醫科二階陸續放榜，圖書館王子蕭梃杰跟建中1%林宸緯的分數都符合至少兩個以上學校的標準，最後公布成績的台大醫科今天放榜，我趕緊跟他們聯絡，然後自己在家對著電腦歡呼。

梃杰決定去念成大醫科，宸緯正取夢想以久的台大醫科。但沒幾分鐘後，本來因為太感動而流下的熱淚，瞬間冰涼。因為明明正取台大醫學系的林宸緯，卻跟我說他不能去念。

「為為為什麼？」我太驚訝了，一直在LINE上打錯字。

「因為我繁星上了陽明，規定只要繁星上了就不能選擇別的學校。」

「但我記得你之前才跟我說你去陽明面試啊，陽明跟其他醫學系面試的時間差不多不是嗎？」

「對，陽明上禮拜才放榜。」

「所以你在準備所有學校二階的同時並不知道你繁星最後會不會上對嗎？」

「是啊。」

「我怎麼記得繁星應該是三月就放榜。」

「一般是這樣沒錯，但只有醫學系跟牙醫系需要面試，而面試統一跟所有二階一起在五、六月進行，導致我們必須同時準備繁星跟學測的二階考試跟面談。」

「那現在都放榜了，你可以放棄繁星嗎？」

「不行，繁星一旦錄取，就不能走個人申請，只能參加分科考。」

「換句話說，只有繁星不錄取你的份，你沒有權利放棄繁星的錄取？」

「也可以這麼說沒錯。」

我發呆了幾分鐘，深呼吸好幾遍才再打字，「那你當初對於繁星上陽明有把握嗎？」

「應該算是有吧。」

「但你還是全力去拚台大的考試跟面談？」

「是啊，台大醫學系是我從小到大的夢想，無論如何還是想全力一搏，就算考上不能念也沒關係。」

「阿姨怎麼覺得這麼難過……」

「沒辦法，這就是我們這一代要面對的制度。」宸緯還安慰了我半天，他說，「當初繁星我跟爸媽老師討論過，的確台大醫太難考了，考前真的沒有把握會不會上，所以保留陽明也是很重要的機會，它也是一個非常好的學校，既然這是我們共同的決定，現在心情十分平靜，也很高興自己到底還是完成了從小到大的夢想，我考上台大醫學系了！」

「陽明能收到你這樣的好學生，真是幸運。」

宸緯傳給我一個笑臉，「我相信上天這樣的安排一定是有道理的。」

而與梃杰，我也打給他討論了一下，因為他決定放棄北醫選擇成大。

「你家就住台北，為什麼不想去北醫呢？」當媽媽的我總是從媽媽的角度看事情。

「我有研究一下這兩個學校的特點，成大因為是國立的，學費只有北醫的一半，北醫雖然如果同時有被台大、陽明錄取的話可以有全額獎學金，但第二學期開始成績必須達到班上前百分之三十，才能繼續有優惠，萬一沒有獎學金，學費對我來說有點壓力。」

「啊，所以是經濟上的考量嗎？」

「這只是其中一個吧，主要還是上網去做了一些功課，覺得成大的特色比較吸引我，我希望多一些做研究的機會，最重要的一點，是想去選修或旁聽別的系的課，成大是綜合性大學，相信會有很多有趣的東西可以學習。」

「你真的好懂事啊！那你媽媽怎麼想呢？」

「家人對這方面都不是很了解，所以完全尊重我的決定，從小到大一直是這樣。」

「那她會希望你將來回北部工作嗎？」

「我覺得現在念哪個醫學系都一樣，只要好好念，將來要去哪個醫院都會有機會。」

「哇，接下來就要開始全新的生活耶。」

「對呀，我要去闖天下了。」（開心）

跟宸緯還有梃杰說完話後，原本一早豔陽高照的外面下起雨來，但我心情卻像是從雨天恢復成晴天，真的很謝謝何廢料把兩位優秀的同班同學介紹給我訪問，讓我有機會認識宸緯跟桱杰。

謝謝辛苦十八年的自己

他們都才十八歲，卻都已經拚命學習了十八年，就像宸緯在考完最後一科台大醫學系二階後寫的臉書〈敬禮〉裡面說的，「常常有人問你，想考台大、想考醫科、想考台大醫科要準備多久？你總是靦腆地回答，高中好好掌握進度，高三好好衝刺，大概就夠了。不，絕對不是這樣。我知道你的衝刺和努力絕對不只半年、一年或三年，為了這個終極的目標，你足足衝刺了十八年！」

考前一晚他念完書後，站起來，對著桌上的書、筆、文具，抬手敬禮，謝謝他們多年來的陪伴，也謝謝自己，「總是在每一個路口選擇了較辛苦的那條路。」

我也想跟兩個同學敬禮，不只是為了優秀的學科表現，更為了他們心靈上超出年齡的強壯，宸緯生在小康之家，爸爸每天騎機車載他上學，桱杰是單親家庭小孩，媽媽在百貨公司賣衣服扶養他跟妹妹，一開始就知道這世界沒有所謂真正的公平。

靠著自己他們走了這麼遠，即使最在意的大考必須面對制度的某些缺陷，他們還是笑笑的，感謝一切，然後準備迎接下一步的人生挑戰。

小林同學 林宸緯

aka 建中 1%

我知道你的衝刺和努力絕對不只半年、一年或三年，為了這個終極的目標，你足足衝刺了十八年！

每次一想到他們，我腦中就出現何廢料幫椏杰拍的穿牆影片，以前建中圍牆是磚造的，同學們都爬牆進出，現在改成全部欄桿不好爬，椏杰就穿欄桿而過。

好像這世界沒有什麼可以阻止他們前進。

至於像我這麼胖會卡住的，就當然進不了建中啦。（就算穿得過也考不上）

17

如果從小都不閱讀，到高中國文一定跟不上

——專訪林宸緯國文老師 周杏芬

「我在建中服務了二十四年，見過許多天才型的學生，但這一屆導班第一堂國文課，林宸緯同學的表現就讓我感到十分驚喜。」建中國文老師周杏芬這樣跟我說。

那次課堂上她讓同學們分組討論、上台報告，「他的談吐與學識都相當豐厚，不僅能引經據典，且有自己獨到的觀點，可以看出具備強大的國學知識，於是下課後我問他，他答覆從國小就開始上網看〈百家講壇〉，一直維持到國中畢業。」

訪問林宸緯的文章貼出來後，反應熱烈，我問他能不能訪問你的老師啊，想聽聽另一個面向的你，他很高興地推薦了周老師，我問，「為什麼是這位老師？」

「因為只有她願意在下課時間聽我唱老歌啊。」

周老師笑說，「林宸緯真的很會唱歌，像是李健的〈傳奇〉、〈貝加爾湖畔〉，或

是廣東歌〈水中花〉，還有許多張國榮的歌，我問他是不是受了父母的影響，他說不是，就是單純很喜歡哥哥（張國榮），感覺他身體裡住了一個老靈魂。」

剛開始父母跟老師都有點擔心這樣擁有老靈魂的孩子，到了高中會不會找不到有共鳴的朋友，「沒想到在建中居然交到不少莫逆，跟同學們相處得很好。」

老師認為，林宸緯的優秀很大部分跟家庭教育有關，「爸媽跟小孩互動密切，家庭氣氛民主開明，也願意花很多時間陪伴，親子關係非常好，當然這位同學確實也是天賦異稟，成就了他多才多藝的特質。」

據她觀察，通常能進建中的學生都非常聰明，「但要在一群聰明的同學中脫穎而出，首先須講求自律，時間管理好，懂得分輕重緩急，把在意的先做好，再去從事次要的，他們會列出時間表，理出順序，掌握節奏，不會把自己搞得一團亂，做事有條理、有方法。」

當然，建中是一個大學校，什麼樣的學生都有，除了穩定的「一趴」外，亦有不少黑馬，「他們的特質是雖然會玩，但學習也沒放掉，進入升學準備階段能夠馬上回神，能動能靜，靜的時候很快進入狀態，不太需要花很多時間便可收心。」

「那我也想請教老師，感覺一〇八課綱國文的出題方向變得難以捉摸耶。」

「高三要衝國文成績，大量做試題是最快速有效的方式，但閱讀理解得從小慢慢累積，具備這樣的能力才能讀懂文章。」

「老師的意思是，如果沒有從小開始訓練，到高中就來不及了？」

「或許有些人可以，但從這兩年出題方向來看，素養題增多，從小有培養閱讀習慣的小孩就沒什麼問題；相反地，沒有培養閱讀力，對文本閱讀的理解和速度必然會受到影響。以後會變得兩極化，能就是能，不能就是不能，從來不閱讀，到高中就來不及。」

「啊，原來是這樣，對了老師，還有作文，作文我覺得也很難有把握對嗎？」

「作文當然也是可以訓練的，國寫作文分為知性題與情意題，知性部分是評量考生擷取訊息，分析歸納、陳述觀點及提出個人意見與評斷的能力，注重的是邏輯性，建中同學在知性題的訓練很快便能入手，只要依據試題要求作答，無須過度焦慮。」

周老師說，「情意題主要在評測考生的文辭組織與表達，是否具備情意、想像等感受體悟的能力，能否具體寫出個人的生活經驗，從中感知聯想、創造抒發；能否針對問題的情境，真誠抒發個人的情感與體會。考生若願意提升寫作力，可多方閱讀、練習寫作，老師從旁指導如何組織結構，內容則需要自己多下功夫，從題材分類開始，建構自己的作文資料庫，像是飲食、旅行、親情、友情、社團、學校、家庭等，平時準備好材料，分類建檔，寫作時才有材料可寫，也比較容易發揮。」

「老師覺得在建中教書快樂嗎？」這題一定是要問一下的。

「很快樂啊！就像孟子說的，得天下英才而教之，覺得自己三生有幸，能在全台首要的高中學府任教，備感榮幸。我以前在一所私立學校任教過，學校整體的學習氛圍較嚴肅，既沒有社團活動，也不實施自主學習，多屬被動式的接受教育。在建中自由的學風下，我們尊重每一個孩子的興趣選擇，沒有體罰也不強迫孩子，讓孩子從課程中自我探索並適性發展，只要在過程中能找到自己喜歡的領域，願意為目標努力實踐，就是最好的學習了。」

18 十八歲出門遠行

我參加的北一女週二綠洲志工（就是晚上去幫夜自習同學準備宵夜）群組，最近像放煙火那樣一波一波閃亮，高三家長們開心分享自己小孩上了喜歡的志願的好消息，其中我們暱稱孫爸的小組長孫自之的留話讓我哈哈大笑了。

他寫，「我應該向各位夥伴報告，小女全怡很幸運如願通過上海復旦和交通大學甄選，她的第一選擇是復旦大學社會科學班……。從週日放榜以來，我晚上想到女兒未來隻身面臨的挑戰，我就輾轉反側、難以入眠啊！（可是吃更多、更胖了……）」

然後補了這句，「又更生氣！因為她只對同學朋友不捨啊！」

於是決定找全怡出來吃飯歡慶一下，以加強孫爸的失落感（毆），沒啦，其實因為我也曾經去過北京大學，所以想知道一下現在會選擇赴大陸念書的小孩的考量是什麼，順便讓甜甜跟學姐聊聊天，討教討教如何安排接下來只剩幾個月的珍貴高中生活。

全怡有一雙靈動的大眼，長相甜美，我一看到她就驚呼，「妳一定是像媽媽吧？」（直接被孫爸封鎖）

其實孫爸很帥氣的，以前是影視製作公司副總也是導演，全怡的媽媽程芝萱曾經是華視新聞主播，夫妻倆對於教育小孩觀念接近，全怡說不同的是媽媽主張明確，爸爸則毫無意見、全心全力配合。

難怪孫爸每次都說，他愛兩個女兒愛得非常卑微啊。

聰明女孩的出走計畫

不過就是因為父母尊重，全怡很清楚自己要什麼，並對自己的選擇負責。孫爸回憶，小學二年級通過資優生甄試，如果要念資優班得轉去其他學校，很多小孩不願意離開原有環境而放棄，孫爸孫媽為此糾結了一番，擔心全怡會有適應問題，誰知一問她，八歲小女生輕鬆回答，「我要去啊，我已經跟老師還有同學都說好再見了。」

決定去大陸念書，起源於在大陸工作親戚的一句話。

「有一次他們回來台灣，我們一起吃飯，舅舅開玩笑問我想不想去上海念書，說那邊學校很漂亮，可以帶我去吃什麼玩什麼，那是我第一次發現原來可以去大陸念大學，於是上網找了一些資料，想法慢慢成型。」

通常大陸頂尖大學對台灣報考學生分數要求是國英數頂標，社會跟自然則視科系要求加乘，像全怡雖然自己覺得國英數沒有考很好，只在頂標末端，但她想念的社會科學院會將社會科分數乘以六，這對社會滿級分的她來說相當有利。

「大陸大學也要面談嗎？」我問。

「要，是以視訊方式進行。」

「那是每次一位教授問妳問題嗎？」

「不一定耶，像我面試了四所大學，每次都談足十五分鐘，不同學校的老師人數不一樣，有的是三位，有個學校是七個老師輪流問問題。」

「哇，那有什麼問題是妳印象最深刻的？」

「嗯，有個老師問我諸子百家我對哪一家最有興趣。」

「天吶，諸子百家，妳怎麼回答？」

「我答儒家，他們接著問我所處環境及身邊同學是否也信仰儒家哲學，以及如何表現。」

「這叫我答，我一時還真想不出來，除了這個還有其他的嗎？」

「喔對了，因為我在自傳上寫了我很喜歡《正義：一場思辨之旅》這本書，他們針對內容也問了我很多問題，所以我覺得如果考生有特別鑽研過的經典著作，可以放進學習歷程，方便老師有話題跟你聊。」

高二有了出去念書的計畫後，全怡上網收集資料，密切注意大陸對台招生的各種訊息，像是各個學校的報名條件、報名方式、錄取標準等，例如當年是三月一日至三十一日報名，四月一日至四月十五日書審及面談，五月十五日公布第一階段錄取名單，之後有五天時間讓考生確定要念哪個學校。

值得注意的是，大陸大學對台招生從二〇二二年開始提供選填志願平台，不再像過往是各校各自錄取。

「對於接下來四年的大學生活，妳會期待什麼有趣的事嗎？」

「希望有機會到處玩玩，想去北京、哈爾濱、深圳甚至新疆、內蒙古看看。」

「所以一到上海，第一件想做的事是什麼？」

我問這個問題，本來以為她會回答衝外灘之類的浪漫行動，沒想到全怡大眼眨一眨，說，「第一件事當然是七加七的隔離，然後要開戶、買手機、辦支付寶。」

聰明女孩有她務實踏實的一面，像是早在錄取之前她就打聽到去大陸念大學可能的花費，「復旦的學費一學年五千至六千人民幣，住宿費每學年一千兩百塊人民幣，之前有個學姐去北京清華，她說那邊生活費每個月一千五人民幣左右，上海的話可能要抓到兩千，我算了一下，在復旦四年下來的花費大概會是五十六萬台幣。」

以前我準備北大中文研究所考試時，注意到電影〈活著〉的原著小說家余華，被稱為大陸當代小說第一人，因為一九八七年《北京文學》第一期的頭條放的就是他一鳴驚人的短篇小說〈十八歲出門遠行〉。

這個故事深受卡夫卡的影響，充滿了意識流與荒謬感，講一個十八歲的青年決定去旅行，對於外面世界他是善意又好奇的，卻在搭上一輛運送蘋果的貨車後，慘遭車子拋錨和鄉民強奪等一連串意外，出自高貴勇敢的心意他幫忙阻止強盜，被打得頭破血流，但司機卻袖手旁觀，甚至俯視著倒地不起的他冷冷一笑，把他的行李偷走揚長而去。

最後他用盡力氣爬進已經拆解的車子駕駛座裡，卻開始感覺到溫暖，「我一直在尋找旅店，沒想到旅店你竟在這裡。」

這樣悲慘的故事一直刻印在我心底，因為從此明白在這個世界上，絕大多數的十八歲，不論身處何處，他們出發探索自己生命可能性時，都會遭遇前所未有的荒謬、痛苦與殘酷。

但現在回頭去看，卻比什麼都希望，這一切曾經可以發生在我遠行的路上。祝福全怡跟所有即將動身的十八歲，能夠找到「我是誰」、「為什麼存在在這個世界上」（韓劇〈我的出走日記〉中毒太深）的答案，並且永遠不會遇到蘋果強盜。

不管是水果還是手機。

全怡's申請大陸學校小提醒

1. 選擇學校時，除了學校本身之外，所在地點也是重要的考慮點。
2. 仔細閱讀申請網站、學校網站，留意每一個資料繳交的截止時間。
3. 在截止日前幾天先上傳資料，不要拖延到最後一天，留一兩天緩衝期。
4. 絕對要對備審資料寫的每一字、每一句有把握，因為每個部分都有可能在面試時被問到。
5. 可以同時申請台灣的學校，並保留學籍，讓自己有第二個選擇。
6. 任何關於申請的問題都可以上 Instagram 看 @tscu_official_

務實派女主角孫全怡

如果有特別鑽研過的經典著作，
可以放進學習歷程，方便老師有
話題跟你聊！

19 接受自己不是主角

——專訪孫全怡媽媽 程芝萱

不管是一起吃飯或是一堆人聊天，孫全怡都給我口齒伶俐、辯才無礙的印象，以為這是曾經當過主播的媽媽程芝萱的遺傳，但芝萱跟我說，「小時候真的沒覺得她很會講話。」

小時候的全怡滿安靜的，也不是放學一回家就吱吱喳喳講學校事情的類型，直到二年級她自己報名校慶大聲公比賽，當著全校的面大喊大叫還得名，「我跟她爸爸嚇一跳，這個小孩我們是不是不太了解。」

演講也是，沒人覺得她是演講的料，但因為國小鄉土課程她選了客語，被派出去參加客語語文意比賽，居然表現極佳，「評審老師們完全沒想到她不是客家人。」芝萱哈哈大笑。

之後念了西湖國小資優班、麗山國中英語資優班，聽人家講北一女有人社班，她回家說想念這個，果真考了進去，「念資優班時老師觀察，全怡的資優項目很難看出來，感覺文科理科發展很平均，沒有偏向哪一方面，經過一段時間終於認定，她的特長在於領導統御，而這是很難量化的一種能力。」

「全怡是我跟我先生年紀很大才生的孩子，整個家族都很期待，對她非常寵愛，」芝萱看著女兒的成長過程，「其實很擔心她容忍挫折能力低，像她跟爸爸比賽吃飯，輸了居然在哭，我很訝異她連這麼小的失敗都無法接受。」

於是爸媽讓全怡去上公立幼稚園，只拜託老師一件事，「讓她習慣挫敗，越早能接受越好。」

但到了國小，爸媽每次去接，還是發現女兒好強依舊，「很吵鬧、亂成一團的教室裡，她卻安靜鎮定，專心跟男同學下棋，或許因為太想贏，一輸棋她就默默掉了眼淚。」

小女孩準備好了

但全怡二年級那年的聖誕節，發生了一個很大的變化。

「那是一個教會的戲劇表演活動，我跟她講，要參加得先有心理準備，每週六下午都要排練，所以沒辦法出去玩喔，巡迴演出時要早上六點就起床，不可以抱怨，不能當主角也不能哭。」

她被分配到的角色是小天使，但知道她其實很想演主角，媽媽教導女兒，「在這個舞台上，每個角色都很重要。」並拜託老師注意，讓孩子可以接受自己的不完美。待她一一履行與媽媽的約定，完成演出，「老師跟我說，全怡是個冷面笑匠，每次一發話都惹得大家哈哈大笑。」

孫爸孫媽大驚失色，「怎麼可能，她平時很安靜的。」

老師答，「真的，她完全可以融入團體，你們已經不用擔心了。」

到現在芝萱仍覺得，那是個重大轉折，全怡開始學會自己可以不用是那個 key person，光沒有在自己身上也還是可以開心。

帶著良好心態進了國小資優班，那裡全是很厲害的孩子，「這時我發現全怡有了新的成長，她開始會欣賞別人的優點，也交到好朋友，以前我們擔心的問題全部消失。」

後來決心要考北一女，媽媽也嚇一跳，「她功課並不是非常頂尖，本來想說女兒考一個制服漂亮的學校就好。」

自己跑圖書館、咖啡店念書，準備的過程所有事都自己決定，心情平穩，念得開心，考完第一天，突然說晚上想看電影，「就讓她看吧，只要能放鬆就好。」

爸媽一路陪伴，不加干涉，這種態度延續到她決定要去大陸念書，同樣是自己收集資料、報名、面談，「高三她變成一個很貼心的孩子，知道父母的辛苦，體諒我們擔心的事，會告訴我們她的計畫，分析利弊，只要她想好了，我跟她爸爸一定全力支持。」

「一路上都是這個孩子帶我們成長，我們不是很在乎成績，她爸爸雖然參加家長會，但是因為在乎台灣教育的發展，我希望的是小孩身體健康，品性良好，對長輩有禮貌，是非對錯分清楚，具備判斷、自制的能力。」

芝萱說，「唯一特別在乎的只有英文能力，我跟她說英文很重要，可以了解不同文化、不受語言限制，到各個國家都可以第一手知道人家的文化與意圖，畢竟我自己就是英文系的嘛。」

「那全怡怎麼說？」

「她覺得我很囉唆。」

兩位心有同感的媽媽一起大笑起來。

20 台大醫正取第二名的 3C 念書法

是的你沒看錯，家長們最煩惱頭大的 3C 也可以幫助小孩考上台大醫喔。

之前寫完建中搞笑三人組（誤），在臉書上認識了建中英文老師曹靖儀，台大外文系畢業的曹老師極用心教學，會注意到每個學生特別的地方，學測放榜後跟我聊到，「有個學生今年台大醫正取二，他是我遇到第一個使用 3C 產品來幫助自己做非常有效學習的人。」

我一聽這一定要訪問的啊，馬上跟老師要了 LINE，那天就跟賈子謙約在中正紀念堂的春水堂，一見到本人我立刻大喊，「太不公平了，你台大醫？」

「嗯。」男孩笑著點點頭。

「正取第二名？」

「對。」

「弦樂社社長？」

「是的。」

「還長這麼帥？」

「欸⋯⋯。」他抓抓頭。

「然後你多高？」

「喔，一八三。」

「太不公平了～！」

這位阿姨請妳冷靜一點。

子謙的爸爸是大學教授，媽媽是國小老師，但不知道是不是看過太多學生，領悟強扭的瓜不甜的道理，所以從沒逼迫子謙跟他哥哥念書，也沒要求他們補習。

「我小時候有跟外師學英文，然後台大醫一階過了之後有去補二階的科目，除了這些沒有補其他的，主要是我的原因，覺得自己念比較容易理解。」

從小學到國中永遠全班第一，但這同時他大班開始學鋼琴，小學二年級開始學小提琴，高中進了建中弦樂社，「發現居然缺長笛手，於是我又跑去學長笛。」高二不但當上社長，還自組五人室內樂團，常去醫院、老人院、偏鄉演奏。

「天吶這麼忙，你什麼時間念書？」

「高一、高二放學要練團三個小時，回到家吃飯洗澡後，大概只能再念兩個小時。不過從要參加社團開始，我就在心裡跟自己約定，一定要維持在校排或類排的前三十才行。」

「如何能做到呢？兩個小時不算多耶。」

「可能參加社團跟好好念書都是自己的選擇，所以會有自律的意識，上課跟念書時專注力很夠。」

高二下大概五、六月時，因為疫情開始在家上網課，「覺得在電腦上寫考卷有點麻煩，剛好看到 YouTube 上有人介紹使用 iPad Pro 加上 Apple pencil 可以直接寫在上面，就拿給我爸看，他同意幫我出一半，買到之後又加貼一層觸感較粗糙的膜，這樣寫起來就很順了。」

高二下卸任社長後，他先畫好一大張計畫表，「也是看我爸的例子，他說以前做研究非常認真，但因為沒有明確的規畫，走了很多冤枉路，我記取這個教訓，覺得規畫是很重要的事。」

在計畫表裡他擬定在兩個月的暑假裡先把學測範圍，也就是每科的一到四冊全部念完一遍，「因為沒有補習，補充教材不夠，先買一堆複習講義回來寫，之後上網下載各種考古題跟模擬考題，直接在 iPad 上寫，這樣資料存檔很清楚，也不用把一堆書帶來帶去。」

「這上面也可以計算嗎？」我歎為觀止地看他的 iPad。

「可以，我都直接在上面計算，再也不用買一堆計算紙了。」

「那這樣寫了多少考卷。」

「大概有一百多張。」

子謙強調「不斷寫題、一直寫題」的重要，「寫題才知道哪裡不會，一直寫才能維持手感跟速度。」

像這次數 A 題目超難，他卻沒有太大感覺，「因為寫過太多題目，解題很快，之前寫模擬考卷大概都在規定時間的一半就寫完，還可以檢查兩三遍，但學測時發現怎麼只夠時間檢查一遍，可能這張算難，不過我考完本來以為可以一百分，後來是多選錯了一個，所以九十八分。」

我趕緊請教如何抵抗打電動跟看手機的誘惑。

「喔，」小帥哥笑了，「打電動我其實還好，打電動對我來說是社交，同學約我就打幾場，回家不會再拿起來打，至於手機我是使用 iPhone 內建的 App Limits，設定每種 App 一天只能使用多少分鐘，密碼只有我媽媽知道，如果還有需要用的地方，回家再請她解除。」

「那會追劇什麼的嗎？」

「喔有，我會在 YouTube 上看〈六人行〉、〈荒唐分局〉這類情境喜劇，那個很短，一集二十分鐘，我拿那個當計時，看完就是休息二十分鐘，可以繼續念書了。」

「我看有人是用『番茄』來計時。」

「我本來也有用，但後來就不用了。」

「為什麼？」還以為學霸也會有鬆懈的時候，但我錯了。

「因為我就一直念下去，不想休息。」

「天吶，那沒有社團後，你一天念多久的書啊？」

「一開始是十幾個小時，但那維持不久，之後差不多就固定一天八小時左右。」

「那高三之後呢？你是跟學校進度還是自己的進度？」

「我高三上還是有顧學校功課，因為面談還是會看在校成績，至於學測的部分我就跟著模擬考，考到哪複習到哪。」

他說準備學測的過程實在很痛苦，「我有想過，如果現在再把我丟回去那段時間，不知道能不能熬過去，想想那樣拚命的自己真是不可思議。」

面談也能很科學

至於學測之後面臨的二階考試與面談，他有一番科學統計，「我看了平台上考上不同學校的同學的學習歷程分數，發現正常來說都是八十幾分，表示教授們並不希望讓學習歷程的分數成為錄取關鍵，所以我覺得以平常心好好做完就可以，反而面談是勝負之戰，教授喜歡你可以給九十幾分，不喜歡的話給六十幾分，這部分佔二階的百分之四十，非常重要。」

「天吶，但面談很難準備耶。」

「是啊，但據我觀察，教授並不會偏愛某種特質或個性的學生，而是會從這個人有沒有自然誠懇表達出真實的自我，從中判斷你適不適合這個系。」

「你可以舉例嗎？台大面談時你被問到什麼問題。」

「老師問我為什麼想念醫學系，我回答因為從小喜歡看偵探小說。」

「哇好妙喔。」

「是啊，面談老師也說第一次聽到這原因，他們有針對這個進行追問，我的回答是，因為偵探破案需要從許多蛛絲馬跡去推論，而醫病其實也是這樣，要從各種細微的症狀找出真正生病的原因。」

「你這樣的答案是特別準備的嗎？」

「應該說我有模擬過，因為我不是科學班或數資班（這屆台大醫科正取第一名是建中科學班同學）（建中真的好厲害），缺少他們會有的科展、奧林匹亞競賽成績、小論文這些，所以我另闢一條路，列出我可能的優勢，像是弦樂社社長的工作及我如何解決所遇到的各種問題，還有我們到醫院、偏鄉演出的觀察。」

「那當社長會遇到哪些問題呢？」

「喔，有一次我們受邀到寶藏巖演出，主辦單位忘了提供譜架，我們又不會背譜怎麼辦，靈機一動去跟很多店家借他們放在門外擺菜單的架子，就解決了問題。」

「社團果然是個會讓人長大的地方啊。」

「對呀，像我們社團的同學林君實，功課也非常好，卻毅然決然選擇去維也納念音樂，出發前他開了一個小型演奏會，我在現場聽完，整個人變得超振奮，心裡想說他離

iPad念書達人 賈子謙

從要參加社團開始，我就在心裡跟自己約定，一定要維持在校排或類排的前三十才行，也因為參加社團跟好好念書都是自己的選擇，所以會有自律的意識，上課跟念書時專注力很夠！

夢想這麼遠，卻還勇敢去追，那我離台大醫科只剩一小步了，怎麼能不努力，所以準備二階考試雖然痛苦，卻可以充滿能量去面對，這也是我很愛建中的原因之一。」

「好感人喔，你還喜歡建中什麼呢？」

「就是很自由，很放鬆，在這個學校永遠不怕變成最奇怪的人，你再怎麼怪一定有人比你更怪。」

「例如怎樣的怪呢？」

「比如現在天氣很熱，班上不穿上衣的一定比穿上衣的多，講話也百無禁忌，做什麼都不奇怪，這真是我人生最自在的三年。高一時其實有去考數資班，但考完數學我覺得一定會考上，於是認真思考一下，進數資班可以認識一群優秀的同學沒錯，但更想在普通班遇見各式各樣不同的人，於是我下一堂自然就不考了。」

「天吶你好特別喔，那你有羨慕同學可以出國念大學嗎？」

「有，我真的有羨慕的感覺，但後來想一想，留在台灣念醫科，最大的優點是可以留在爸媽身邊，我爸媽比較晚生我，而且有遺傳性高血壓的問題，我哥哥很宅，好像不太能冀望他照顧，所以最好的選擇就是由我來做這件事。」

「你怎麼會這麼乖啊，把自己的人生跟責任看得如此清楚。」

子謙爸爸補充，「我常對兄弟倆說，早一點睡才能長高，然後儘量吃、儘量不要感冒，對成長有好處。」

賈式養育2，學各種才藝，探索真正興趣

子謙幼稚園時在YAMAHA音樂團體班學鋼琴，小二加入學校弦樂團，差不多這時候媽媽為他跟哥哥找了一位美國回來的英文家教，她回憶，「小三之前都是半天，每天下午就是送去學各種才藝，英文是其中一項，孩子很有興趣，跟這個老師一路上到高三。」

賈爸爸認為，有興趣才會有上進心，「他們真的想做的話，什麼都擋不住。」

賈式養育3，五歲開始每天起床先心算

賈教授自己從小數學都是全班第一，認為數學是一種「幼功」，要從人生之初開始鍛煉，「每天早上我先到他們床邊問：13乘以13是多少？66乘以66等於多少？如果答得出來就表示是在賴床。」

我驚訝到笑出來，「你是認真說的嗎？」

「當然是認真的，在我觀念裡，兩位數乘兩位數，就算喝醉時也不應該錯到百分之五，長大後做生意，喝酒應酬席間頭腦得保持清楚，這時心算能力會決定你的利潤。所以小孩早上起床腦袋還很清楚時就可以進行訓練，培養數字的敏感度。」

另外一項訓練是背周期表，「我在化學系教書，周期表是學化學必背，小時候兩個人就是一直背一直背，」爸爸說，「每晚睡前聽歷史故事CD，各個朝代從頭到尾倒背如流，這些跟數學不同，得用背的。」

「要心算還要背書，小孩壓力會不會很大？」

「不會的，越早開始越能成為生活的一部分，我的態度是讓他們覺得這是一件好玩的事，數學是一種素養，怎麼說呢，例如智力測驗每題給你一分鐘你都會寫，測的只是運算時間長短，所以九九乘法越早背越好，算術的話一開始是十以內，練習進位退位，練到大班開始可以讀國一數學參考書，到五年級開始學代數，去書店買整本代數回來做題目，平常看他們沒事，我就把數學課本遞過去，一點都不會排斥，因為爸爸說每寫三十分鐘，可以玩電腦十分鐘，說到做到。」

賈式養育4，書中自有黃金屋

子謙爸爸聊著聊著又說到一件讓我瞪大眼睛的教養法，「我會在想讓他們讀的數學書裡夾鈔票，讀完就可以拿走。」他說。

「天吶！」

「沒錯，這並非以利誘之，而是代表我希望他們學進這本書的知識的誠意，像《線性代數》、《矩陣運算》等等，希望他們繼續讀數學，讓他們知道這是爸爸的意志力，將爸爸的關心付諸實現，我會先跟他們講好，然後把書放他們桌上，這叫書中自有黃金屋。」說完賈教授笑了起來。

賈式養育5，逛誠品培養閱讀習慣

子謙媽媽羅老師則負責培養兒子的閱讀習慣，「小學時每週三下午沒課，就帶去誠品看書，一看看一下午，接著全家去吃吃喝喝很開心，從會坐開始每天講床邊故事，一直講到他三年級，我覺得誠品跟床邊故事對子謙影響滿大的。」

子謙是感性的小孩，他喜歡描述親情的繪本，媽媽回憶，「有幾本他特別喜歡的，會再三地看，有時會感動得眼眶發紅。」

「這跟他後來選擇念醫學系有關嗎？」

「有可能，他很想幫助別人，也很願意替別人想，學測前很多同學確診，子謙說如果他確診了一定不會去考試，寧願缺考也不要傳染給別人。」

賈式養育 6，論環境與朋友之重要性

環境對孩子來說真是太重要了，賈爸爸、賈媽媽異口同聲地說。

賈教授是劍橋大學博士，但小時候卻沒有好好念書，「都被身邊同學慫恿去玩了，到後來才發現自己人生目標。所以不可輕忽孩子的朋友圈，他們耳根軟，哪一點最後形成他人生的心證真的不知道，不同線構成不同人生，不小心哪條線拉錯，就走上岔路了。」

但話說回來，賈教授笑道，他在小學時代遇見的這些真實友誼，讓他們在近五十年後仍天天用 LINE 聯絡，每年舉辦好幾次同學會。

羅老師認為子謙很幸運，從國小開始便受到很多師長的肯定，「到建中更是在班上跟樂團遇見能夠一起學習與成長的好朋友，環境給他正面的東西，他就會想要表現得更好。」

賈式養育7，身教重於言教

子謙在台大醫學系面談時，被問到家庭成員，他答，「我爸爸是個工作狂。」爸爸每天留在學校實驗室工作到很晚，「甚至過年要出去玩，我們得全家先去爸爸實驗室一趟，等他把各個電腦跟儀器都設定好才能放假。」

「賈教授真的很令人佩服啊。」我對子謙爸爸說。

「這本來就是應該的，什麼叫學無止盡，這是我給他們的身教，爸爸不是光出一張嘴叫你們學習，我自己到這把年紀也還沒有停止啊。」

「我覺得你們家庭氣氛和諧，對孩子來說也是一種穩定的力量。」我大表讚嘆。

「是的，我們兩個都晚婚，彼此很珍惜，所以真的沒什麼吵過架。」

子謙媽媽笑著補充，「也是會有爭論啦，但不會在孩子面前，就我的經驗來說，人家來問我教養小孩，我都回答情緒穩定很重要，生子謙時我已經教書十年，看過極度嚴格的父母最後並不成功的例子，因此對孩子很開放，他們有不好的習慣我會直接講，但不會打也不會罵。」

「這太厲害了，我覺得當媽媽要控制情緒好難。」

「是這樣沒錯，所以在照顧好小孩之前，我會先照顧好自己，像他們小時候，我餵他們吃飯之前先自己吃飽，現在大了，我就儘量自己去參加各種活動，不要把整個心思靠過去孩子那邊。」

賈式養育8，千萬不要訓話

「我也想知道你們有話想跟孩子說時，都找怎樣的情境啊。」

羅老師笑道，「千萬不要訓話，千萬不要把小孩叫過來說，我有話跟你說。」

「那不然要怎麼說？」

「就是吃飯或出去玩時，像閒聊那樣把想說的說出來，還要裝做不經意的樣子。」

賈教授補充，「不能訓話啦，你怎麼抬頭教訓一個比你高二十公分的人，很累也很危險的，不過還是有一個可以訓話的時機，就是給零用錢的時候，有什麼想說的，抓緊那個寶貴的時間趕快說出來。」

「那講好話呢？誇獎總可以認真誇吧？」

「不不，」他說，「真的做對了、做好的，才能誇，不能隨便亂誇的。」

賈式養育9，自律的養成

那麼關於自律呢？子謙爸媽說子謙是非常自律的孩子，這又是如何養成的？

「不管是在我身上還是孩子身上，」賈教授說，「我都體認到一個道理，就是要看著最遠大的那個目標，你讓孩子看見他想做的，他啟動出來的力量就會大到不可思議。」那天賈先生賈太太很客氣，一見面就說他們是來謝謝我的，因為我寫了子謙跟其他同學的故事，展現了正面溫暖的力量。

「哎呀，是我要謝謝你們養出那麼好的小孩，還願意讓我訪問才對啊。」

「我們是真的很感謝，」子謙爸爸拱了拱手，「希望藉由我們的經驗，可以幫助一些在教養路上徬徨的父母，或許我們講出來的是微小到像芥菜種籽一樣的東西，不過一旦有人真的願意收下，那將來是會有機會長出超大棵芥菜來的。」

「今天我也跟賈教授學很多啊。」

「不好意思不好意思，其實我今天來沒打算說話的，沒想到開口講了這麼多。」

我笑出來，「那當初為何會決定要出來跟我見面呀？」

「因為一直以來大家只看過子謙媽媽，子謙爸爸從來沒出現過，今天來是想證明一下我們不是單親家庭啊。」（喂）

22

學霸都是有練過的

——專訪賈子謙建中英文老師 曹靖儀

「賈子謙應該是他們這屆的風雲人物吧。」建中英文老師曹靖儀笑說。她高二開始教賈子謙他們班，「二下寫作文，他還提早半個小時交，一打開就知道程度很好，內容品質高，寫的長度也夠，大部分人在這麼短的時間內甚至是寫不完的。」而月考的英文分數也都在九十分以上，「建中月考英文很難，有時後九十分以上的全年級兩隻手算得出來。」

高三第一次模擬考結束，大家都在問，「英文最高分是不是賈子謙？」

「所以我真的也很想問，老師妳是怎麼教出這麼優秀的學生啊。」迫不及待想知道。

「老實說，建中學生進來本來就有一定程度了，老師再厲害，頂多是把中下拉到中上，中上拉到上面，但要像他這樣一直維持在頂尖，通常高中之前就有底子了，不可能到高中才努力。」

「啊，那以前英文不好的怎麼辦呢？」

「關於這個，我都跟同學這樣說：比你厲害的都這麼努力了，你怎麼可以不更努力呢？」

「了解……，老師，就您的觀察，賈子謙的努力具體表現是什麼？」

「我們學校訂的試題已經夠多的，五十三回考題，賈子謙全寫完，還多寫好幾本自修跟模擬試題，也常常來問我功課，沒來學校也會用LINE問，最常問的是克漏字的文法，他說他寫過一整本的克漏字，超用功的。」

「也就是說，他並沒有因為自己已經很強了就鬆懈。」

「沒錯，而且多做題目真的有用，他來問的大多是課外題，顯現他沒有滿足於學校功課而已，同樣方法他也用在數學，所以說，學霸真的都是有練過的。」

「老師真是教過好多怪物啊。」我感嘆。

曹老師笑了，「十七年來看了各種不同方式優秀的學生，他們都會為了自己想要的拚命努力，有人想學業與社團兼顧，有的就是想拚第一志願，有的則熱心於競賽，我通常都跟他們說，時間有限，要想想這三年的優先順序。」

「那妳有沒有最想跟學生說的話？」

「我自己是北一女畢業，大學是台大外文，研究所是在美國華盛頓大學念建築，之後又拿到英國倫敦大學的語言學碩士，本來很想回北一女教，但很意外建中給了我機會，或許可以說一路走來我身邊全是很優秀的人，但看了這麼多，」曹老師說，「如果是我的孩子，我希望他們快樂就好。」

成為普通人真是太好了！

幸好這一切人際關係的沉重感在進了建中之後一掃而空，「在這裡我功課不是最好的，記得高一剛開學，英文老師突然發一張考卷讓我們寫，那完全是沒有範圍無從準備的內容，林宸緯考了一百零幾分，賈子謙九十幾，我才六七十，那天開始就知道，我變成一個普通人了。起初不太習慣建中這種互不干涉的氣氛，後來漸漸觀察到每個人都有他們獨一無二的特質，最棒的是，有好多人比我更不會講話，這實在太令人安心了。」

林之然的爸爸是台大畢業的心臟外科醫生，媽媽則是台大畢業的心理諮商師，我問，「那他們有希望你當醫生嗎？」

「沒有耶，」他搖搖頭，「相反的，我爸爸一直不希望我當醫生，他說念書的過程跟醫院的鬥爭太辛苦，不想我也過這種生活。」

「但你卻是一直以醫學系為目標對嗎？」

「是啊，還是很崇拜爸爸，想向他看齊。」

「但為什麼你明明考上了最後卻放棄醫學系，轉而選大氣系。」

「這，」他無辜地看著我，「這是一個很長的故事。」

之然從小就喜歡看天空，觀察雲的變化，「國小有段時間每天早上起來拍天空，以為以後可以用這些照片來申請想念的大學科系。」

慢慢的他發現台北的天空好低好悶，「每次全家出遊，車子越往南開，天空越遼闊，到了高雄整個嘩一下都是藍色的，然後會出現通往另一個世界般的高積雲，非常美，看著那樣的大氣變化，突然希望自己能輕易指揮風跟雲，去這裡下夠動植物需要的雨水，去那裡展現多彩的美麗，或許是那時候奠定了對地球科學的興趣。」

到了高中，知識更為豐富，他嘗試預測天氣，「例如社團出遊，或是剛好沒帶傘時，我會打開衛星雲圖來看，什麼時段可能會下雨，或是幾點幾分雨雲有個破洞可能會放晴讓我衝一下。」

「哇塞，那都很準嗎？」

「沒有，」他笑出來，「從來沒有預測成功過，所以需要去念大氣系修煉一下。」

高三模擬考四次有兩次考到六十級分的他，學測時國文跟英文各掉了一分，「我也有用 iPad pro 做筆記跟寫考卷，但沒辦法像賈子謙那麼拚，高三開始他每寫完一本參考書就放在課桌旁邊的地上，沒多久就堆到超過桌子的高度，還差點比人高，但後來山崩了，那種畫面很震撼，我做不到。」

他覺得英文需要長期累積，國文作文更是無法科學掌握的項目，「雖然知道我沒有文采，但以為只要結構正確應該可以拿到正常的分數，沒想到改出來，理性拿十一分，感性十六．五分（總分是各二十五分），所以國文掉了一級。」

賈子謙在旁邊接話，「我也花很多力氣準備作文，考國文那堂因為剩下很多時間，我還把兩篇作文背出來，重抄一遍拿給老師看，老師說寫得不錯應該都有二十分以上，結果也是只有十九跟十七．五分，四捨五入好不容易才有A。」他開玩笑說，「學長有講過，作文只能靠拜拜，拜越多分數越高。」

「那你們拜了嗎？」我問子謙跟之然。

子謙說，「拜了啊！」

之然是天主教徒，他當然有跟上帝祈禱。

除了祈禱考試能夠順利，男孩還問了上帝另一個問題。

高二下準備學測過程中，有個女孩走進他的生命，這帶來喜悅，卻也帶來憂傷，「情緒有過一段時間的波動，卻也讓我重新思考自己是怎樣一個人，適不適合當一個醫生。」

一階成績公布，醫學系跟大氣系都有通過，他決定同時準備這兩個系的二階考試，「它們需要的東西完全不一樣，分頭進行非常辛苦，但也因為深入了解了大氣系所學的專業，加上在國圖沒日沒夜找資料的過程讓我覺得非常享受，更確定自己是走研究的料。」

二階成績出來，兩個系都是正取，他面臨了該去醫學系做研究還是在大氣系做研究的難題。

「請教神父，他告訴我，選一個安靜的晚上，把兩個系的優缺點詳細列出來，然後閉上眼禱告，看看哪一邊會出現亮光。」

「所以，」我看著他，「最後是大氣系發亮了嗎？」

之然笑瞇了眼，點點頭。

人生的選擇是如此困難啊，恭喜之然找到閃閃發亮的那條路。

但為什麼我每次一閉上眼，閃閃發亮的都是叫我起床的太陽呢。

天空小王子 林之然

在建中我的功課不是最好的，
起初不太習慣這種互不干涉的
氣氛，後來漸漸觀察到每個人
都有他們獨一無二的特質，從那
天開始就知道，我變成一個普
通人了。

24

走過霸凌

——專訪林之然媽媽

之然的媽媽是位心理諮商師，她笑說之然以前國中常在圖書館打電動，「不是為了好玩，其實也打得不太好，只是希望藉由打電動創造跟同學互動的話題。」

從小就是個感情豐富卻不知如何表達的孩子，揉合了一點點亞斯與妥瑞特質，講話直接，非常緊張或非常放鬆時會不自主清喉嚨，「有兩三位同學不明白他為什麼會這樣，針對他做出排擠的行為，初期小孩沒有告訴我，是等到很嚴重時，經由老師通知才發現他在學校有狀況，這點讓我很愧疚。」

那時幸好導師明確介入處理，並通報學校，有驚無險度過難關，「雖然看起來他沒有很在意，但後來要進建中前滿緊張的，怕到了新環境會重演舊事，可見還是有陰影的。」

媽媽說，像這樣的孩子需要讓他忙很多事情，像是之然除了上學，還會去教堂帶活動，持續參加打擊樂團，並擔任民謠吉他社幹部，「讓他體驗不同的生活，遇見不同的人，萬一遇到糟糕的情況才不會一直陷在同一個情緒裡。」

升高三壓力變大，媽媽發覺他妥瑞的症狀有比較明顯，兩人討論後找了一位專門輔導青少年的諮商師，讓之然每週可以過去聊聊天。

「哇，我很好奇，既然妳也是諮商師，為什麼不會想自己來跟之然聊一聊就好？」我問。

「以我從業的經驗，孩子還是需要有個可以講話的外人，跟家人可能沒辦法什麼都聊。」

「那效果好嗎？」

「我覺得有用，他需要有人可以理解他，在聊天的過程中有機會重新整理自己的想法，諮商對他滿有幫助的。」

「關於他不念醫學系，選擇大氣系，你們夫妻的想法是如何？」

「人生沒一定說有哪一樣最好，自己選擇哪個方向，都是他的人生，我跟他說過，你的人生我沒辦法幫你負責，只要在你自己領域過得好就好，畢竟那是你的人生。」之然媽媽說，「父母本來就是沒辦法帶著孩子，或幫孩子決定什麼，這十年世界變化太大，很多父母自己都過得不太好，所以放手吧，本來就不應該抓著。」

「妳先生呢？他怎麼想？」

「我先生很尊重孩子，給他很大獨立的空間。」

「之然好幸福啊。」

之然媽媽又笑出來，「小孩沒有這樣想喔，他說為什麼我們都不像別人的爸媽那麼關心成績，從來不問他考得好不好。」

「現在爸媽也太難，多問不行，少問也不開心。」

「實在太難了，所以我們當爸媽的要先過好自己的生活。」

「之然進入大學後，你們還會擔心人際關係的問題嗎？」

「他其實一直過得滿快樂的，像有時候吃飯吃一吃他人突然不見了，打電話說他正在頂樓拍雲，之然是個纖細、溫暖、重感情的孩子，即使他跟別人不太一樣我也不曾帶他看醫生，我自己評估，他吃得下、睡得著、還願意去學校，就代表他仍足夠堅強，進到另一個環境前我們會先跟他聊，像是打個預防針吧，做一點心理準備，其他的就是他自己必須去面對的了。」

我謝謝之然媽媽，這樣坦白的心得應該可以幫助到很多小孩有類似狀況的家長，她說，「沒錯，妳寫他之後有個媽媽來找之然，說她小孩跟他很像，拜託他去幫忙當家教。」

「哇，太棒了吧，那順利嗎？」

「他非常認真準備啊，結果第一次上課小朋友哇哇叫，說好累喔。」

我們兩個一起哈哈大笑，人生啊，果然不能一直都那麼認真對待啊。

25

全程念台灣公立學校，北一混血美少女申請到耶魯耶

甜甜高二時，我聽說高三那屆有個學姐申請到美國耶魯大學，馬上拜託家長會蔡武恭會長幫忙介紹認識，幾天後終於見到漂亮又活潑的 Emily 紐瑩姍跟瑩姍媽媽 Gena，而且也才發現原來瑩姍是混血兒。

瑩姍爸爸本來住在美國加州，遊歷多國後選擇留在台灣，並且在這裡認識了另一半，台灣女孩 Gena。

瑩姍是他們唯一的小孩，她回憶自己小時候，「真的滿害羞的。」幸好爸媽只希望小孩開心成長，因此她整個童年除了吃喝玩樂，其他所有時間都拿來做最喜歡的事，閱讀。

「不知道是不是一種遺傳，她從會認字開始，坐著看書，躺著看書，連去 costco 都

可以窩在購物車裡讀完一本。」瑩姍媽媽笑說，閱讀給了女孩寬廣的視野，也造就她在台灣一路念公立學校，最終得以申請上耶魯大學的卓越能力。

瑩姍愛看書愛到什麼程度呢？

「有一次我們一家三口吃完飯要走路回家，過馬路時我跟我先生突然發現 Emily 沒跟上來，嚇一跳回頭去找，才發現她剛剛等紅燈時站在便利商店前看手上的小說，沉迷到完全沒注意身邊的事物。」

「太好笑了，」我問，「到底什麼書好看成這樣？」

「我記得是《饑餓遊戲》。」瑩姍媽媽說，「國中時如果發現她壓力大，我就問她要不要去三民書局看看有沒有新到的外文小說，也會上網幫她買，閱讀對她來說是最好的放鬆方式。」

瑩姍的爺爺是二次大戰時從德國避居至美國的猶太人，在大學教授兒童文學，是這方面的權威，因此不管是瑩姍的爸爸還是瑩姍，都熱愛閱讀，兩個人一起找書看，一起討論，「我爸爸滿有趣的，他喜歡看書，也喜歡運動，還很會煮飯，我們家幾乎都是他在煮，我們還一起聽六〇至八〇年代的老歌，我在車上聽披頭四聽到他們都煩了。」講到爸爸，滿臉燦爛笑容。

讀公立學校也會快樂到瘋狂

因為覺得中文比英文難學，Gena 決定讓女兒幼稚園到國小都念一般學校，「我工作很忙，出差時聯絡本都是爸爸簽的，有一天老師突然跟我說 Emily 考上資優班，我嚇一跳。」

瑩姍說爸媽真的都沒在管她的課業，「直到最近申請學校，同學才知道我爸爸不會看中文，很驚訝問我，那以前作業都是誰幫我看，我更驚訝問她們，為什麼作業需要爸媽看過，這種東西不是本來就是自己要做好嗎。」

從小養成負責的態度，連副科像表演藝術這些作業都要求自己認真做到最好，爸媽勸她「差不多就可以了」，她卻不願交出僅僅是差不多的成果。

國小到高中這十二年，瑩姍從來不曾補習，Gena 說，「她覺得那些時間可以拿來做自己喜歡的事情。」

小三開始的資優班課程她非常喜歡，「我們有橋牌課、桌遊課、古羅馬文化課，還造火箭、解密碼，尤其解密碼的課，太好玩了，我超愛。」

上了國中，卻面臨第一次的文化衝擊，「有一個老師，非常喜歡大聲罵學生，很兇，不分青紅皂白一起處罰，我覺得那樣很不好，很沒有禮貌。」

聽到這邊我忍不住噗一聲笑出來，「很沒有禮貌是嗎？」

瑩姍點點頭，「所以我本來要跟爸爸去台北歐洲學校報到，媽媽出差回來後發現，勸我再想一下，說那個國中要成立第一屆的數理資優班了，後來進了數資班果然非常非常有趣，裡面的老師，尤其是化學老師，改變了我的人生。」

瑩姍爸爸看到女兒上國中數資班那麼快樂，常常回家講到老師又教了什麼，每次看到瑩姍那雙眼發亮的樣子，他都忍不住跟老婆講，「我懷疑老師餵她吃了什麼，才讓她那麼興奮，不管那是什麼，都給我來一箱！」（喂）

國三時，老師鼓勵她考第二屆的北一女科學班，並帶著幾個班上同學一起準備，兼具天分與興趣的瑩姍果然順利考上，「最棒的是，不用考會考，我比同學多放兩個月的暑假，我愛暑假，誰都不能偷走我的暑假。」

瑩姍雖說從小到現在都在台灣生活，甚至身邊也沒有美國人朋友，但她說話舉止還是充滿美國人的感覺，講話有一點外國口音，文法也滿英語化的，Gena 笑她，「小時候她會說，媽媽，可以幫我拿一下那雙褲子嗎？」

還有，「我的作文深受我中文閱讀不足的茶毒。」、「我很喜歡吃東西，我們家的食物都消失了。」這類。（是不是很可愛）（而且她明明超瘦應該是脂肪都消失了才對）

進了北一女科學班，更是快樂到瘋狂，「班上每個人都可以接受別人跟自己不一樣，大家一起做萬聖節裝扮，還穿著自製服裝去上外課，連老師都跑來合照。英文課要演八分鐘的戲，我們就做成中國古裝英語音樂劇，果然得了第一名！」

高一下開始，科學班學生需要自己去找研究室參與研究並做出論文，因此瑩姍在台大的生物結構學研究室待了兩年半，「看看什麼基因可以轉變成什麼蛋白質，最遠大的夢想是找到可以分解環境毒素的東西。」

雖然一路念公立學校，受台灣人同樣的義務教育，但瑩姍決定大學要出去念，「我很粗心，不能忍受反覆練習的東西，所以如果去考學測一定沒辦法考好，加上這邊基礎科學的環境實在不好，一開始本來想去德國，因為從小就有在學德文，加上德國不用學費，但我爸爸的德國人朋友告訴他，你們是美國人為什麼不去美國念大學，我們都把小孩送去美國了。」

於是高二下學期開始準備美國大學的申請，結果得到包括耶魯、布朗、柏克萊等十二個頂尖大學的入學許可，真是太厲害了，我趕快問她是怎麼做到的。

「我覺得應該是我表現出強烈的多元學習熱情，還有跨文化的興趣，關懷社會與弱勢的態度。他們重視對弱勢的尊重，希望從大學出來的人可以照自己的興趣發展，並且擁有領導能力，做出社會貢獻。學校還非常在意，你在大學會是一個好的學生，好的朋友，好的同學。」

「但是，」瑩姍笑道，「各個學校最重視的是作文，真是太難寫了，我很後悔小時候沒有好好學寫作文，這次申請學校，按照各校的題目，我一共寫了七十二篇作文，他們很在乎這個，從報名表格就可以看出來，讓你填獎項的格子很小，但讓你表達自己意見的空位很大。」

「那這些學校都出了哪些題目呢？」我問。

「像什麼想法令你振奮，什麼引起你的學術興趣，你屬於什麼群體，為什麼想申請這間學校這些。」

「那英文呢？通常名校要求的英文程度要到哪裡？」

「喔，」瑩姍說，「就是托福，滿分一百二十，大概考一百以上就可以了。」（就）

瑩姍很小就跟媽媽說想學德文，並一路學到大；她還喜歡跑步，擁有跑半馬的經驗；喜歡摺紙；喜歡自己養酵母做酸種麵包；會彈鋼琴跟吉他，高中參加了熱門音樂社；在北一是「青少年去塑聯盟」的一分子；成立視訊家教平台幫助原住民兒童；在校成績一直維持班排前十。

決定去耶魯，是喜歡這個學校的讀書風氣，「他們會鼓勵你多修課，隨便修什麼都可以，直到你找到真正有興趣的東西，大二下才正式選系，他們認為大學新生大腦仍在成長，還需要時間探索，師生比是夢幻的一比四，百分之八十的課是在小教室上。」

Gena說，美國的私立大學很重視好學生，經過篩選發出錄取通知就極力希望你來讀，部分頂尖大學會視家庭收入給予助學金，甚至有機會拿到全額補助，「所以大家不要覺得去美國念名校很難，只要有足夠的能力與熱情，學費的問題總有辦法可想。」

耶魯跟布朗都是常春藤名校，他們說常春藤八校會選在同一天、也就是俗稱的「常春藤日」放榜，當天一家三口坐在電腦前等揭曉的畫面好感人，我看得都哭了。

瑩姍爸爸的英文推薦書單

For kids a little older
給學齡前的小孩

- Maurice Sendak's "Little Bear" series
- Arnold Lobel's "Frog and Toad" series

For Teenage 給青少年

- Stuart Little ,E. B White
- Charlotte's Web ,E. B White
- Trumpet of the Swan ,E. B White
- Harry Potter, J.K. Rowling
- Island of the Blue Dolphins, Scott O'Dell
- My Side of the Mountain, Jean Craighead George

Math ／ Science books
數學／科學書單

- What if ? , Randall Munroe
- The Number Devil , Hans Magnus Enzensberger
- Zero , Charles Seife
- Richard Feinman's series
- Isaak Asimov's series

Chinese culture books
中國文化書單

- American Born Chinese, Gene Luen Yang
- Interior Chinatown, Charles Yu
- Number One Chinese Restaurant, Lillian Li
- Snow Flower and the Secret fan, Lisa See

愛看書的美少女
紐瑩姍

為什麼作業需要爸媽看過，
這種東西不是本來就是自己
要做好嗎!?

錄取名單一出來，耶魯在台校友會送來了非常可愛的杯子蛋糕，上面用糖霜寫著「Yale」，並舉辦派對，「熱烈希望你能來念這個學校。」媽媽回憶。

不過，申請的第一個學校史丹佛拒絕了她，瑩姍笑嘻嘻說，「雖然很失望難過，但他們的通知信還是盡全力安慰落榜的人，上面寫，誰誰誰也曾經在十八歲時被史丹佛拒絕，但最後拿到諾貝爾獎，成千上萬像他一樣的人，即使沒有進到史丹佛，也擁有充實美好的人生。」

我覺得這個落榜信真是寫得太棒了。

希望將來台大教務處可以效法，「阿芬也從來沒考上過台大，但她寫出超好看的故事，同樣能夠擁有充實美好的人生。」（教務處表示想都不要想）

瑩姍爸爸的英文推薦書單

- My Father's Dragon, Ruth Stiles Gannett
- Red Scarf Girl, Ji-li Jiang
- My First Chinese New Year, Karen Katz
- Amy Tan's series

Children's books-Great picture book authors 兒童繪本推薦作者

- Lucy Cousins, Richard Scarry, Eric Carle, Mo Willems

Other books 其他推薦書

- Amelia Bedelia, Peggy Parish
- The Golly Sisters, Betsy Byars
- Caps for Sale, Esphyr Slobodkina
- Ferdinand the Bull
- the Olivia books , Ian Falconer
- Winnie the Pooh
- Melinda Long's pirate books
- Marc Brown's Arthur books

Other authors 其他推薦作者

- Agatha Christie, Anthony Browne, Douglas Adams, Dr. Seuss, Harper Lee, Jerry Spinelli, Kurt Vonnegut, Lois Lowry, Louis Sachar, Louisa May Alcott, Mark Twain, Michael Crichton, Philip Pullman ,Roald Dahl, Russel Hoban, Toni Morrison, William Steig

26

怪獸與牠們的產地

故事要從二〇一九年九月二日星期一說起，那天是建中開學日，第一節鐘響後賈子謙在一年八班找個位子坐下，他有點緊張，聽也是建中的哥哥說過，這學校是「怪獸與牠們的產地」，臥虎藏龍，會不會自己來到這裡會變成一無是處呢，不能說沒有過這種念頭。

同樣忐忑的是坐在子謙前方不遠處的林宸緯，從小到大沒拿過第二名，這樣的紀錄是否將在建中終結？「如果說每個人在一個團體裡都會有自己的位置的話，我想知道我的會是在哪裡。」三年後的他這樣回憶。

是的，我從不同管道認識的兩位學霸，後來才知道他們高一曾是同班同學（還有要去念大氣系的林之然也是）。

「賈子謙說他以前怎麼念都念不贏你。」有次聊天時我跟林宸緯說。

「蛤？他真的這麼說？」林宸緯推推眼鏡，「我還以為他沒有注意過我。」

「感覺好不熟，難道你們高一沒講過話嗎？」

「還真的，好像沒怎麼聊過。」

一旁聽我們講話的何廢料（現在恢復本名叫何紹翊）開心地下了一個註解，「這就叫一山不容二虎，除非一公和一母。」

果然第一堂國文課，賈子謙就見識到「怪獸」的模樣。

怪獸現形！

「老師講到明朝古文的流變，前面一個同學馬上舉手跟老師對談，滔滔不絕旁徵博引還提到好多聽都沒聽過的人名，當下覺得大受衝擊，怎麼有這麼厲害的人，那個人名叫林宸緯。」

提到這段，林宸緯嘿嘿地笑，「第一堂課國文老師要我們分組做報告，然後把每課作者寫在黑板上：陶淵明、林海音、韓愈、歸有光、莫泊桑、袁宏道……，寫完老師突然說要把歸有光換一下順序，調到跟袁宏道排在一起，問有沒有同學知道為什麼。」

「你就舉手了？」

「我真的沒有要炫耀的意思，只是剛好以前有讀過就說了。」

「當時說了什麼你還記得嗎？」

「記得啊，因為歸有光是唐宋派、袁宏道是公安派，一個嚴效韓柳，文以載道，另一個獨抒性靈，不拘格套，剛好一前一後，互相抗衡，創造明代古文運動燦爛的篇章。」

「我的媽呀，你為什麼會。」

「這真的沒有什麼，後來高中國文也會教到，我只是提前讀過罷了。」

「同學們都嚇呆了吧。」

林同學大笑，「可能，從那次之後，我就被貼上學霸這標籤了。」

賈子謙這邊則因為此事件，學會了「一山還有一山高」的道理，「於是我就朝著自己比較擅長的領域努力。」加入弦樂團，並在高二當上社長，還找了幾位同學成立室內樂團到處演出。

「那你何時注意到賈子謙的呢？」我問林宸緯。

「一開始是班上很多人，還有很多老師都提到他很帥。」

「他算你們全班最帥嗎？」

「怎麼可能，」學霸撥了一下頭髮，「這不是還有我嗎？」

學霸的同學也是學霸

因為英文課要分組報告，賈子謙跟其他五位英文不錯的同學變得要好，「我們都喜歡美劇，像〈荒唐分局〉、〈六人行〉這些，而且正巧是六個人，所以大家就叫我們六人行。」

「六人行聚在一起一般做些什麼？」

「假日會騎腳踏車到不同地方玩，也喜歡在星巴克閒聊，因為志同道合，講什麼都開心。」

而林宸緯覺得自己整個高一處於較緊繃的狀態，「大概都在念書還有做自己喜歡的事情，跟班上同學沒有很多相處的時間。」一直到高二分班，因為合唱比賽跟校慶才跟提供他許多建議的蕭楹杰成為好友，也開始常出現在同班同學何廢料拍攝的短片之中。

在兩位學霸各自發展屬於自己一片天的同時，班上發生了一件超有趣的事。

二〇一九年十二月二日，建中一〇八班同學進到教室，覺得有什麼跟平常不太一樣，但一時又講不出到底是什麼。

等朝會結束，大家終於找出癥結所在——班上有一個別校的同學。

原來是一對雙胞胎選擇在這天交換身分，就讀松山高中的哥哥跑到建中來上課，念建中的弟弟則去了松山高中，林之然因為跟那個弟弟很要好，「他說當天在家他們就互換制服出門，但連爸媽都沒發現。」

雙胞胎事前還演練了一番，把對方要好同學的長相、名字記住，但哥哥還是一進建中馬上被同學發現，林之然笑道，「大家都跑去跟哥哥拍照，還把他加進我們班的LINE群組裡。」

之後每堂課同學們都興奮地期待老師會發現，不過最後只有導師看出來。

「我們導師好厲害，她一進教室就說，你們不要以為做一些奇怪的事我不會有感覺。」

這件事成為很多一〇八班同學回想起高一生活時，印象最深刻的事。

第一次段考結束，班排一、校排三的林宸緯發現，那個常被誇獎長得很帥的賈子謙居然是班排三、校排十一。

「你有受到威脅的感覺嗎？」我開玩笑問。

「不算威脅，但的確出現『後有追兵』的心情。」

「所以你更加堅定地用功讀書？」

「可以這麼說沒錯。」

獨行俠與冰人

後來兩個人被我約訪，林宸緯與賈子謙第一次有了對話的機會。

「你有因為林宸緯很優秀而被激勵到嗎？」我問賈子謙。

「有耶，我雖然一直玩社團，但心裡給自己設下的讀書目標就是想贏過他。」

林宸緯揚起眉毛，「原來你這麼在乎我。」

賈子謙笑了，「的確，我是遇強則強的人，看我國中跟高中校排都差不多就知道了。」

「那繁星林宸緯上陽明，你有羨慕嗎？」

「嗯，馬上就後悔以前沒有把在校成績顧好，然後參加建北醫牙學長姐訓練營，聽到學長都誇獎林宸緯講話有令人信任的魅力時，也很緊張想把自己講話的方式練沉穩一點。」

「所以可以說你們對彼此而言，是良性競爭般的存在嗎？」

兩人都點頭。

林宸緯笑說，「你們看過〈捍衛戰士：獨行俠〉了嗎？我覺得我跟子謙就像電影裡獨行俠與冰人。」

「哇，怎麼說呢？」我問。

「在第一集裡，獨行俠跟冰人同樣是優秀的飛行員，互相競爭，但到了第二集，卻變成互相扶持的好友，不時還會調侃對方，『誰才是最佳飛行員啊？』」

「那我也要問，現在子謙念台大醫學系，宸緯念陽明醫學系，將來有機會變成在醫學領域互相切磋扶持的夥伴嗎？」

子謙馬上說，「一定會的，我想祝宸緯在陽明都拿書卷獎。」

宸緯一拱手，「我也祝子謙繼續用顏質跟才華稱霸台大。」

「但，」我突然想起來還要問宸緯一個問題，「你剛說你跟子謙是獨行俠與冰人，所以到底誰是湯姆克魯斯？」

「妳說呢？」

建中1%伸手撥了撥頭髮，露出神祕笑容。

27

不想像大人那樣失去笑容

很多素人 YouTuber 看起來開心又受歡迎，但其實掌聲常只存在於虛擬世界，一直到認識建中網紅何廢料我才明白，就算全世界都在網路上幫你按讚，但「深夜一個人埋頭剪片時，還是會覺得孤獨。」

何廢料從高二開始在 YouTube 上貼他拍的建中校園諧音梗短片，到高三已經累積兩百多支，最受歡迎的有「建中生教你如何倒垃圾」、「笑什麼笑啊」、「數紙紙」、「建中生如何不來學校還不用請病假齊驅」等。

高三錄取陽明交大海納百川學士學位學程後，開闢新的「何電廠」系列，嘗試納入更多故事情節，像是「奇人軼事錄」第一集「建中1%話唬爛」。

我很喜歡何廢料，除了他真的超好笑外，還有在十幾歲小孩身上很難見到的優質

EQ與謙遜自省能力，因此阿姨聽到孩子感覺孤獨的心聲突然一腔熱血攻心，決定來辦個實體首映會，讓他體會一下現實生活中被影迷包圍大導演般的心情。

於是拜託好友淑文把她的 4A STUDIO 花藝教室讓我們（免費）使用，準備好投影設備、FA BURGER 超誇張帶骨牛小排漢堡、珍煮丹手搖飲、現切西瓜跟鳳梨、紅葉蛋糕，還有一大堆零食。

最重要的是強力冷氣、超大聲音響與被淑文刷得啵亮的廁所。

到場的有曾被我採訪過的高中生，林宸緯、蕭梃杰、賈子謙、林之然、孫全怡、鄭允臻、紐瑩姍，及何廢料的同學謝其勳跟甜甜、堂堂，堂堂的同學千善等。

我們一起看了何廢料好多影片，現場提問（阿姨我就是要搞得像國際記者會）時，有人問他將來會不會想當大導演，他答是不敢這樣想，「我只想當一個打電話給李安的人。」

「啊？」大家一頭霧水。

「就那個啊，」何廢料開心地說，「打電話時會說，喂李安，偽李安，韋禮安，喔不是啦，能當導演當然是很好，但最希望的是成為能夠幽默過生活的人吧，不希望像許多大人一樣為了過日子失去笑容，剛好 YouTuber 是我當時看起來最接近的行業，看起來啦。」

「那現在回想起來會後悔嗎？」

「現階段來說是有點後悔，如果可以重來，還是希望自己能靠念書進大學，但我覺得上交大百川是個很好的機會，讓自己變得不後悔。」

「所以將來還要繼續當個 YouTuber 嗎？」

「如果這可以讓我過幽默的生活的話，」何廢料說，「笑死，會不會有點像上了賊船？但就算真的是上了賊船，我也要當個快樂的海盜。」

現場嘉賓們對於何廢料的評論我整理如下：

林之然：「我很佩服他的勇氣吧，在我認識各具魅力的朋友之中，他是將自己特質運用得最淋漓盡致的，甚至毅然決然在這群學霸同學中選擇了一條不同的路。另一方面，我很喜歡他的態度，即使在 YT、IG 等各大平台都有不少粉絲，他卻始終真誠地對待每一個朋友，也包括像我這樣沒那麼外向、對頻道經營沒太大價值的朋友。」

林宸緯：「在他身上我看到一個逐漸進步的過程，拍的影片越來越有質感，從一開始的個人，擴展至班級、團隊，進而做企畫、改良美編，並開始想帶狀節目，相信離開建中後他會擁有更好的資源，與社會接觸會變多。」

孫全怡：「嗯……，其實以前沒看過他全部影片，但今天的短片真的很有梗，然後奇聞軼事錄可以看出來很用心，尤其 logo 的設計好厲害，最後我很喜歡他露臉的那部片，他說露臉不代表他的一舉一動都要被放大檢視。透過這次聚會認識本人，覺得很有趣，會讓我之後想觀看他的影片。」

賈子謙：「可以在他影片中看出他以前偶像 YouTuber 尊火玉的影子，但其中又存在屬於何紹翊的個人魅力，搭配接地氣的生活題材，使觀眾無法自拔一部接著一部觀看。」

謝其勳：「我幼稚園跟國中三年都跟他同班，所以知道他國中開始想當 YouTuber，從小就很好笑，記得有一次下雨他沒帶傘，直接拿了垃圾袋剪幾個洞套在身上，然後說那是『八田雨衣』（八田與一）。」

鄭允臻：「他的影片滿對我胃口的，因為很喜歡冷笑話，從他的影片可以看到很多創意（雖然有些梗有點太冷了），希望他以後還可以常常更新冷笑話系列。然後奇人軼事系列很有質感，找林宸緯當第一個主題也很有說服力。」

蕭梃杰：「我想說何紹翊，生活很簡單，在雜亂無章的日子裡找回快樂就好，總是期待在每個片段，被你不經意的爛諧音戳到笑點，捧腹大笑。」

紐瑩姍：「很不錯耶，何廢料所有的諧音梗都滿好笑的，我最喜歡那個『數紙紙』，好好笑。」

對於大家來參加他的第一次影片首映及記者會，何廢料很感動地說，「我要把這張大合照放在電腦桌布，這樣每次要打開來剪片時就會想起你們。」

十八歲男生的勇氣

另外還想貼一篇何廢料在建中畢業 vlog 那支影片中對著鏡頭念的畢業感言，看了超感動的，問他有沒有文字檔可以借我貼在臉書，他眼睛望天空「欸」了一下，然後回答，「我是寫在一張廢紙上，然後那張紙已經找不到了。」

於是阿姨決定打開影片，一句一句抄下來，讓大家看看一個會考滿級分進建中，卻背水一戰選擇一條最少人走的道路的十八歲男孩真摯心聲：

「這裡我想認真跟你們講一些話，我們把時間拉回高一，當時我以榜首之姿進了建中，有著要用成績一統天下的幹勁，我通往台大醫的路啊，彷彿是搭 Uber 百元有找的距離。抱持著挑戰自己的心態加入了樂旗隊，雖然我根本不會樂器。直到第一次段考，給我來一個啪啪大打臉，真的是驚呆了，我當時的表情就是你手機裡第三個表情符號。

在那不久之後呢，我退了樂旗隊，因為第一次段考考太爛了，但我還是要說，學弟加樂旗！不是因為我不喜歡，而是我在念書這方面不再遊刃有餘，考差之後呢，一邊回家偷偷讀書一邊罵一〇八課綱，彷彿將一切怪罪到教育部頭上，就可以忘記自己不再頂尖的事實。建中身為少數強力執行探究實作的學校，當時我盡情罵，甚至動用了一〇八課綱的自主學習時間，開了一個頻道來罵新課綱，這是開端。

時間來到高二，我因為膽怯，不敢按照內心的想法選擇社會組，所以來到了自然組，物理跟化學同時考必修跟選修是我的惡夢，我光是為了應付考試及格、拿學分，就準備得焦頭爛額，這時候課業開始變得枯燥乏味且毫無樂趣可言，可鹽可甜。

我開始爆噴諧音梗，不是為了逗樂別人，而是因為我自己剛好就是那個最需要的人。讀著自己排斥的東西，把腦中一閃而過的諧音梗，發在網路上跟大家分享，開始有流量，這是轉折。

升高三暑假我遇到人生的大低潮，那是連我這自認樂觀開朗的人，都有點無法接受的分離。那時候我確實被擊倒了，但也因此我重整了自己，我總是嘻嘻哈哈笑到眼睛剩下兩條線，我先做我想做的事情把課業擺在後面，我總是想著對別人好，卻忘了保護好自己，但我要澄清，我不是成績不好還嘻皮笑臉，我也不是不務正業，也不是笨到要讓人欺負，我只是怕我後悔。

我只是想著如果今天就是我人生最後一天，那我要把這輩子能笑的額度先笑完，並且毫無悔意。我會後悔念建中嗎？雖然提到異性，我會開玩笑說我應該念附中，或者向下填用繁星。同時身為靠著成就感念書的人，來到建中確實一度讓我頓失重心且懷疑自己，但正是因為我來到建國中學，才會有今天這個因為壓力大而產生的爛梗製造機何廢料，以及特選正取後太閒的何電廠。

我在建中彷彿阿布一般，我的周圍都是怪物，就是因為同學的優異，讓我從讀書考試的輪迴中脫離出來，思考我真正想要的是什麼，我才能鼓起勇氣，做自己真正想做的事情。

比如設立頻道完成我國中的夢想，還有成績不夠好卻又不願只當建中的過客，因此參與了不少學校事務，例如擔任電研社社長，及社團執行委員會公關，還有這次的畢籌會，每一項課外事務都是我國中還是念書 boy 的時候，想都想不到的事情，但每一項都有意義而且讓我獲益良多，甚至讓我上了大學。

或許我高中生活並不圓滿，但正是因為有稜有角，才能折射出屬於自己的彩虹，何廢料頻道簡介寫著，立志與全台灣的人做朋友，如今已達千分之一，謝謝各位的支持，我真的很感動，沒有你們我也走不到今天，今日你們看到的是我以建中為榮，明日我想讓你們看到的是建中以我為榮。」

是不是很棒又很感人？

就在這一刻，我已經以認識何廢料為榮了。（流下阿姨淚）

28

不求榮華富貴的建中生

上次採訪 3C 讀書法建中賈子謙時，他跟我說會這麼努力念書是因為受到社團同學林君實的激勵，覺得他追求音樂夢想的態度太令人感動。一聽就像有故事，當然要訪問一下，但那時君實人正在德國考試，我在 LINE 上跟他預約，「拜託，回台灣一定要跟我見一面。」

結果回台灣隔離完正要出關，卻傳訊息過來，附加一張兩條線的快篩照片，「我居然確診了！」印象最深刻的是他打字還是很快，言語活潑，笑道，「在歐洲一個半月都沒事，回來居然就中了哈哈。」

幾經波折，我們終於碰面，就約在春水堂。（到底是有多想代言黑糖琥珀拿鐵）跟大部分的高中生很不一樣，瘦瘦還是一臉稚氣的君實能夠像大人般與我對談，處處替人著想，跟他聊天非常開心輕鬆，只是到後來阿姨我居然淚流滿面了。

好故事要從頭講

君實的爸媽當年是世新五專編採科同班同學，畢業後男生考插班上台大中文系繼續念書，女生則開始工作，「我爸爸是非常喜歡文學的人，台大一路念到研究所畢業，之後在武漢大學拿到歷史所博士，再去北京大學中文系做博士後。」

「我的天吶，他也太愛念書了，那你媽媽很支持嗎？」

「對呀，我滿月第二天我爸就去武漢大學了，他一路念書念到四十歲。」

「所以你媽媽自己在台灣工作然後帶你跟妹妹？」

「算是，不過我們有兩年去住在上海。」

「啊，為什麼？」

「因為後來我爸去復旦大學歷史系教書，他主要做的是古文字學跟先秦史，所以現在在教先秦史。」

「太酷了……，那為什麼只住兩年就回來呀？」

「我妹妹那時還很小，覺得應該還是要讓她回來台灣這個環境比較好，但說真的，那兩年對我影響很大。」

「怎麼講？」

君實的爸媽向來對小孩的功課沒什麼要求，但去上海剛好可以念復旦大學附設小學這個當地熱門學校，「那時候我升四年級，進去前要考能力測驗，考完校長把我爸叫去，說我的程度念四年級不太夠要不要再念一次三年級，幸好我爸決定先試試看再說。」

但校長說得沒錯，一開始的確是跟不上的，「第一次寫作文至少被退回來六次，不太習慣那邊的寫作風格，因為他們國小就會讀朱自清、冰心、魯迅、徐志摩的文章，很注重文字能力。」

課程也非常紮實，「記得那時的國文課本有四十課，全部教得完，還可以做深入討論，課外有唐宋詩選、名家散文要背，數學進度也比台灣快兩到三年。」

在復旦附小遇到很好的老師，學習慢慢上軌道，參加了合唱團跟免費的競賽數學課，每天都很開心，「上海小學五年級就畢業了（我們的六年級他們叫初中預科），應該算是奇蹟吧，本來要留級的我，畢業考時考了全年級第一。」

回到台灣除了作文的風格需要調整一下，其他學科因為有在大陸的訓練，很容易上手，在家附近的那所國中裡，他不但參加直笛團、自己包辦所有團務，會考時他也是該校唯一考上建中的學生。

「參加直笛團改變了我的人生。」上海的合唱記憶很快樂，加上媽媽以前念書時也是合唱團，一回台灣他六年級就加入台北愛樂兒童合唱團，並配合練唱的需要開始學鋼琴，「很喜歡合唱的感覺，人與人感情很深，我們唱歌要唱到聽不見自己的聲音，可見要多麼互相了解與配合。」抱著這樣的心情他加入了國中直笛團。

不料指導老師懷孕去生小孩，沒辦法來帶，很多人都跟著退團，「實在捨不得一個音樂團隊就這樣解散，跟五六個要好的同學一起拜託大家留下來，還去招募學弟妹，由我來帶大家團練、參加比賽、請老師指導，結果國三那年我們拿到全台北市第一。」

這些美好的音樂經驗讓林君實高一就決定將來要學音樂，為此他與媽媽有一段發生在餐廳裡的感人對話。

像朋友一樣的母子對話

「畢竟我爸大多不在家，所以小學一年級我媽就跟我說，君君我想把你當一個大人對待，你就把我當成你最好的朋友，什麼話都可以講出來。」印象中媽媽罵他的次數不會超過五次，從懂事開始所有事都用溝通的，「那次剛好我們去吃義大利麵，在餐廳裡我跟媽媽說高中畢業想出國念音樂，當然她一定是捨不得的。」

聊到後來，媽媽對君實說，「我跟你爸不過是一紙婚姻的關係，都可以支持他的夢想到現在，更何況你是我的骨肉，只要你快樂，媽媽支持到底。」

母子兩人在餐廳裡眼淚流個不停，「服務生來倒水看到，都尷尬了。」君實講到哈哈大笑。

找到方向並說服父母後，林君實開始擬定前進國外音樂系的計畫，他起初想主修聲樂，「但練到後來發現，我雖然唱得不錯也拿過一些獎，但你自己心裡會知道，自己並不頂尖。」於是轉而選擇曾讓他很有成就感的直笛（沒錯，就是所有人小學音樂課都要買一支帶去學校的那個東西），「直笛在台灣目前只有一個學校的音樂系列為主修，但在歐洲已經有相當久的歷史。」

為了兼顧課業與學音樂（直笛、鋼琴、指揮、合唱、建中弦樂團），他每年寒暑假自己先把下學期的課本念完，之後申請了地理、公民、化學、生物免修，別的同學上這些課的時間他就衝出去上音樂課，「有些老師很好，知道我的狀況會簽假單讓我去練琴，音樂老師也借我學校的鋼琴讓我不用跑來跑去。」

因為知道家境普通，沒辦法花大錢栽培，「不管什麼我都想用最少的錢達到最大效益。」打聽到德、奧花費少（德國免學雜費、奧地利只需繳一點雜費），音樂教學素質高，他便開始去學德文，「別人可能會從最低階開始考，我為了省報名費，第一次就報考德文檢定高階考試。」

「天吶，德文耶，全新的語言對你而言沒有難度嗎？」

「知道之後一定用得到，會很認真，學語言咬緊牙關學就對了，好在台灣的英文教學文法紮實，與德文有共通之處，所以這部分很快可以上手。」

到了高三，他一面準備學測、一面練樂器、一面學德文，還得開始收集歐洲音樂學校的考試資訊，「有個不成文的習慣，要去考哪個老師的班，就先寫信去給對方，問他們願不願意讓你去上一堂課看看。」

即使千頭萬緒，君實學測社會組還是考了滿級，六十級分，不過因為疫情造成二階時間延後，剛好跟幾個音樂學校的實體面試撞期，他毅然決然放棄二階、提著行李飛往歐洲，十八歲的男孩獨自進行為期一個半月的巡迴考試之旅。

「我是那種把我丟在最困難環境也能想辦法活下去的個性。」

越困難越燦爛

國中在大家不看好的情況下，自己把學校直笛團維持下去；因為跟好友約定「建中見」，買了所有出版社的參考書默默寫完，最後考出三十六級分五科全對、作文滿分的驚人成績；連認識的音樂家都勸他為什麼不去當醫生或律師，音樂當興趣就好。但他還是想辦法說服朋友與家人，堅強自我實力，勇敢獨自去面對所有挑戰。

畢業前夕，他為自己舉辦了一場獨奏會，「一般音樂班畢業都會有演奏會嘛，但不會有人來幫我辦，那我就自己弄。」

自己定曲目（直笛獨奏曲、直笛協奏曲、鋼琴獨奏、豎笛奏鳴曲），自己訂場地，自己做海報、發邀請函。

「全都自己來嗎？你哪來的錢可以做這些東西？」

君實抓抓頭，「建中有很多獎學金可以申請，那是我念書最大動力，有時候一學期可以拿到一萬，我把那些錢存起來就可以辦一場音樂會了。」

「媽呀，你會不會太乖太感人了。」

「還好啦，後來我爸看我這麼認真，就說那場地費他幫我出好了。」

那天整個台北巴赫廳坐得滿滿的，來了好多老師跟同學，君實的爸媽都哭了，「為了一圓我媽的歌手夢，安可曲時還拉她上來跟我合唱一首。」

而之後的歐洲行更是接近他人生中「最困難的環境」，「德國的火車前幾年從國營變成民營後，整個變調，我遇過同時太多人擠上車，門關不起來，還曾有人臥軌，所有火車無法通行，有一次在科隆考完試要回半小時車程外我住的地方，結果火車開到一半壞掉，要自己想辦法轉車去另一個小火車站，再換到大火車站，然後才能去到我要去的地方，三點出發，晚上十一點才到達，德國電梯又很少，得扛著二十幾公斤的行李不斷爬上爬下。」

也曾晚上在火車站附近被警察攔住，像要找麻煩那樣問他一大堆問題，「幸好其中一個老一點的警察看我德文流利，就跟年輕那個講說算了，不要為難他。」

留下一些美好的東西

雖然這一切是如此辛苦、複雜、令人疲憊，但林君實一一笑嘻嘻地克服了，很快的，他收到不來梅藝術學院、萊比錫孟德爾頌音樂戲劇學院、科隆音樂與舞蹈學院、柏林藝術大學及維也納音樂與表演藝術大學的錄取通知，「台北愛樂兒童合唱團曾到奧地利演出，我很喜歡維也納整體的感覺，於是決定去維也納音樂學院。」

「有算過四年要花多少錢嗎？」

「主要花費應該是在住宿上，一個月台幣一萬五，加上個別課、吃飯跟零花，我爸爸是算大概一年五十萬左右。」

「哇，那真是跟我想像中出國念音樂的巨額學費很不一樣。」

「對呀，如果可以花合理的錢，得到非常好的音樂教育，我覺得很值得。」他說，「不過最近我也開始教家教，希望可以先賺到一點錢，不要讓家裡負擔那麼大。」

「那你為什麼沒有考慮過大學畢業再出去念？」

「學音樂跟其他學科不一樣，很吃天分，年齡越小可塑性越高，大學這階段正是摸索風格的時期，希望給自己更多機會去探索，而不是等定型了再出去。」

「可是你有想過父母的擔心跟老師的勸導嗎？你這麼會念書，為什麼不能像他們說的，把音樂當興趣就好。」

「其實有段時間我的確掙扎著到底該選醫學系還是音樂系，」一直笑笑的君實突然正經起來，「但後來我想通了，我要的不是榮華富貴，只是希望能做自己喜歡的事，並且留下一些東西。」

「所謂留下一些東西指的是什麼呢？」

「如果將來有幸能在歐洲做出一番事業，我最後會想回來，把人脈、老師、朋友帶到台灣，改善這裡的音樂環境，我相信一定有很多雖然沒念音樂系但喜歡音樂的人。」

「最後我還是想問一個問題，」我說，「你打電動嗎？」

君實答，「我不打耶。」

「為什麼啊？」阿姨表示羨慕君實媽媽，「那你休息時都做什麼？」

「我還是看滿多書的，因為音樂跟文學有互通之處，人文素養也需要經由閱讀培養。」

「為什麼這麼乖啊？」阿姨一直跳針。

「可能因為我爸吧，我們家有幾千本書、幾千片古典音樂CD，從小我就看著我爸每天都在看書、聽音樂，自然而然這也會成為我的習慣。」

「所以兒子真的會看著爸爸的背影耶。」

「可能喔。」他嘻嘻笑起來。

某理工男請注意，不要再怪堂堂天天打電動了，也不想想他是誰的兒子。

「啊對了，這真的是最後一題，」趕快追問，「君實這名字是誰取的啊？」

「我爸。」

「有什麼典故嗎？」

他有點不好意思，「因為司馬光，字君實。」

真不錯啊，如果還有人跟古代名人同名的，請不吝來找我，這樣湊一湊可能就可以寫一本《今之古人》啦。（差點忘了自己兒子叫語堂）

浪漫直笛手 林君實

我要的不是榮華富貴，只是希望能做自己喜歡的事，並且留下一些東西。

29

孩子小小年紀就這麼努力了，我們大人怎麼可以限制他

——專訪林君實爸媽 林志鵬、彭福妮

人生規畫海闊天空的君實，擁有想法也海闊天空的父母，訪問他們時我常常感動得想哭，很多當爸媽的都說放手哪有那麼容易，但君實媽媽告訴我，「給孩子空間其實很容易，只要設身處地去想像，他們做各種決定時有多艱難就好了。」

君實爸媽故事的精彩程度不輸孩子，也包含了滿滿的愛與勇氣。

兩人是五專同學，畢業後才交往，當時爸爸林志鵬插班台大中文系，媽媽彭福妮已經在廣告公司工作，「他還沒當兵，手頭沒錢，我們約會就是偶而咖啡館喝一杯很好喝的咖啡，然後到處散步，走很久的路、聊很多的天。」

林志鵬回憶，「我太太家並不富裕，在家中排行老三，下面還有一個妹妹，因此想早點獨立，即使有想念的設計科系、也很喜歡唱歌，但考慮花費高而放棄。一直很謝謝

她願意跟我在一起，以我念這麼久的書、念的還是文科，很少女孩子會選擇我這種條件的男生。」

婚後的林太太更辛苦了，老大君實出生一個月後先生便去了武漢念博士班，之後又在北京大學做博士後，跟隨李零老師研究先秦文學與戰國書簡，二〇一一年女兒出生，君實爸爸回憶，「那時候差點想放棄學術這條路了，大陸學位不被承認，在台灣也找不到博士後的工作，只好買書準備考高普考，後來碰巧知道復旦歷史系在找人，沒想到就應徵上了。」

二〇一二年帶著未滿一歲的女兒跟八歲的兒子全家搬去上海，「君實從小性格穩定，人際關係也不錯，當初覺得對他來說只是換個環境，」志鵬記得，「但大陸小學的進度快，作文的寫法跟台灣很不一樣，曾經一篇被退回來寫六次，每天回來都哭，媽媽跟他講，那等吃飽飯寫完功課再說，他就把東西都弄好才繼續哭，說我不想念了想回台灣。」

爸媽一次次鼓勵，可不可以再忍耐一下，等這學期讀完，「結果過了快兩個月的某一天，他突然不哭了，我猜是開始交到朋友，同學也邀他一起參加合唱團，有了歸屬感吧。」

媽媽常跟君實說，開心是一天，難過也是一天，雖說如此，大人久了也不禁懷疑自己是不是做錯了，「幸好小孩自己能想通，我們也跟著他有了學習。」

真心不委屈

「其實我也有想不開的時候，」福妮回憶，「但這幾年下來，也想通了，這就是我的個性，先生也好、小孩也好，再怎麼不願意，最終我都會選擇支持，如果他們不開心，到後來最不開心的是我，所以寧願自己委屈一點，但那真的是委屈嗎？家人追逐他們的夢，而我需要做的其實只有陪伴與等待而已，談不上是委屈啊。

最近有很深的感觸，我們好像一直在追逐小孩而變化，現在的大環境讓他們更勇於拋開世俗的包伏，擁有更為天然自我的個性，這一路的追逐中，一半以上的父母不願放手，但想想，相對於上個世代，他們比我們痛苦很多，能夠這樣想的話，爸媽會獲得的收穫不會比孩子少。」

君實媽媽笑道，「我們擔憂孩子們的未來，他們一定比我們更擔憂，孩子小小年紀就這麼努力了，我們大人怎麼可以限制他，父母給孩子空間很容易，只要想想他這年紀要做這決定壓力比我們大，我年輕時也曾想過擁抱自己的夢想，但沒這個條件、更沒有這份勇氣，因此自己的骨肉當下想做、怎麼辛苦他都願意的話，何須用世俗彼此捆綁。」

「周圍的人都說我們培養的孩子有多好，但我們也得到很多，」福妮笑說，「我的孩子跟我先生，好像上天送給我的禮物。」

30

那個唱京劇的建中男孩

大家還記得上次我找了幾個高中生一起聚餐，然後幫何廢料舉辦首映會嗎？

那天何廢料約了謝其勳一起來，他是何廢料從國小到建中都同校的同學，我打算之後要採訪他。

謝同學是個一看就很乖的小孩，聚餐當天第一個到，講話特別有禮貌，只是聲音有點啞啞的，我趕快問，「你感冒了嗎？」

他有點尷尬地縮了一下脖子，「應該是，不過我很確定不是新冠，出門前有快篩過，而且我一個月前已經確診過了。」

聚會的重頭戲是參加的人一一上台表演或講話，輪到其勳時，他自我介紹目前有考上上海復旦大學，但如果接下來分科測驗成績不錯的話，想留在台灣念，「那大家有什麼問題想問我嗎？」他對台下其他同學說。

何廢料馬上舉手，「我想知道你現在講話聲音怎麼會變這樣。」他一提起，幾個建中男生也都出聲附和，「對呀對呀你變了。」

在旁邊聽的我滿頭問號，什麼叫講話聲音變這樣，是在說他的聲音因為感冒而變沙啞嗎？

其勳害羞地回答，「喔，我有去看醫生，練習壓低聲音說話。」

「啊？什麼叫壓低聲音說話？」我忍不住發問了。

其勳的爸爸在建材公司當司機，媽媽在黛安芬賣內衣，「他們工作都忙，不太有時間管我，所以我很喜歡去安親班，在那邊有人跟我一起寫功課，也有老師幫我看作業，每天都很開心，常常混到十點才回家。」

國小高年級老師開始要他們背唐詩，這造就了其勳對於古詩的感受力，「起初是喜歡押韻跟形式的美，到國中慢慢懂得欣賞內容的美，像〈月下獨酌〉，總是一個人待在房間獨處的我，很知道李白邀月亮喝酒的心情，〈錦瑟〉也好喜歡，此情可待成追憶，只是當時已惘然，雖然不是很懂詩在說什麼，但多愁善感的我就是覺得很被觸動。所以一直很喜歡上國文課，尤其作文課，一寫作文就很興奮。」

「因為喜歡國文課所以成績才變好嗎？」

「應該是國小二年級的時候，有一天被老師叫上台領獎，我問為什麼，老師說因為你考前三名啊，喔，原來前三名就可以領獎，那我以後都要前三名，是這樣開始的。」就是因為爸媽沒怎麼管，其動自由地安排自己的時間，「從國小到高中，都是我去找補習班，找好了請爸媽繳錢。」

「哇你爸媽太輕鬆了吧。」

「我喜歡這樣，」他笑道，「如果他們限制很多或打我罵我，我可能就不讀了。」

「那你曾經為自己安排過哪些課業以外的事呢？」

「有喔，國中時有次在電視上看到白先勇的介紹，加上課本也有他的作品與生平，覺得很喜歡，後來發現他在台大有開紅樓夢四講，很想參加，但報名已經額滿，所以那幾天我都提早三個小時去現場排後補票。」

「哇你太那個了啦，白先勇知道一定會很感動。」

「我有跟他說耶，有一天講座完發現他在馬路對面等車，想半天還是鼓起勇氣衝過去請他幫我簽名。」

「天吶，那他跟你說了什麼話嗎？」

「他說你是中學生吧？要讀《紅樓夢》喔。」

切換自如的聲林小王子

其實也差不多那時候，其動發現自己變得跟其他男同學不太一樣。

「大家都變聲了，只有我沒有。」

不知道為什麼，他講話聲調維持著小童般的高音，「每次有同學問我，我就說我也有變聲啊，只是你們是變低，我是變高。」

雖然大家都很羨慕他可以飆歌劇〈魔笛〉中夜后的高音，「但因為聲音的關係，變得越來越自卑，不敢跟陌生人講話，每到一個新環境都會被問，人際關係變很封閉。」

國中他參加辯論社，因為聲音的關係常被注意，高中有次比賽時感冒怕影響團隊而退賽，從此排斥上台，「還是有上辯論社的社團課，但再也不上台比賽了。」

幸好在建中，大家都很奇怪（喂），這段時間他也找到可以發揮聲音優勢的領域，「最起先當然還是因為白先勇，他一直在推廣崑曲，我上網看〈牡丹亭〉，覺得妝容很美，手勢也很美，眼神裡有很多情感，之後再慢慢延伸到京劇這一塊，發現自己剛好適合唱戲，就學起唱腔跟身段。」

「太有趣了吧！有公開演出過嗎？」

「從來沒有，」他說，「我不敢，就跟我寫的東西一樣，雖然很愛，但超怕被別人看到的，只有表演給我媽媽看過。」

到高三因為必須面對學測二階面試，其勳擔心聲音會造成評審老師奇怪的印象，自己掛了號去看耳鼻喉科，「醫生說這是長期習慣吊小嗓說話，聲帶拉太緊，要我去做發聲治療。」

「怎麼治呢？」

「像是拿一杯水給你，然後用吸管往水裡吐氣，這樣能讓聲帶放鬆。」

「然後，就變正常了嗎？」我小心地問，因為也不確定哪一種才算正常。

「嗯……，算是可以自由切換了吧。」

因為可以自由切換，所以發生了有次在班上收作業的爆笑事件。

「我是國文小老師，那天一直催交作文都沒有人理我，我說同學快交作文，」他笑著模擬當天，原本都是高音說話，「大家都不交作文喔……（高音），欸把作文拿來啦！（大低音）」

那個瞬間原本喧鬧的班上突然一片安靜，全部的人都看向其勳，連老師都嚇得半天不能動彈，最後才說，「你，你變聲了！」

聚餐那天大家聽了其動的故事都非常感動，我試探地問，「那你願意表演一段拿手的京劇嗎？」

他居然說好啊，嚇我一跳。

從椅子上起身，他站到一旁，突然京劇名伶附身那樣，擺手走位，高亢地唱起〈賣水〉中最著名的丫環獨白，「清早起來什麼鏡子照，梳一個油頭什麼花香，臉上擦的是什麼花粉，口點的胭脂是什麼花紅～。」

哎呀那個道地啊，那個出色啊，連從國小就認識的老同學何廢料都沒看過的表演，讓大家驚豔又感動地全場歡呼。

「所以你那天並不是感冒對吧？」後來我問他，「是怕我問你聲音的事？」

「對呀，每次一發現好像要被問了我都趕快說是感冒。」他偷笑。

「不過後來你為何就表演了啊？」

「其實我一直希望有機會可以讓大家看看的，正好每個人都有上台，我就想那就大方一點好了，放開來表演吧。」

之後分科測驗放榜，他依照跟我的約定，第一時間就傳訊息過來，附上成績通知的截圖，「上了耶！」

其勳考上第一志願台大財金系。

「你上大學後要用哪一種聲音跟同學說話呢？」我問。

他想了一下，「如果大家都能接受的話，我想用最順的方式說就好了。」

其勳最喜歡白先勇筆下的金大班跟尹雪豔，這兩個角色都充滿了滄桑感，但你還年輕啊，我想這樣對他說，不如就像你表演的〈賣水〉裡可愛ㄚ環梅英最後唱的那樣，「老爺呀，老爺！任你狠心施毒計，休想拆散好夫妻！」

活潑俏皮可愛聰明地化解重重難關，為自己的人生好好飆個高音吧。

自帶調音器的少年謝其勳

我只需要爸媽支持我所有的行動、負責我的吃喝玩樂，其他念書什麼的我自己管自己就好。

31

只要在旁邊加油 說你很棒就好了

——專訪謝其勳媽媽

其勳的爸爸媽媽是在朋友的婚禮上認識的，「我去當我高中同學的伴娘，他當他同梯的伴郎，起初沒注意到，婚禮之後同學跟我說有人想認識妳，就是他。」

其勳爸爸沉默寡言，追求其勳媽媽大概是他這輩子最積極主動的一次，「我後來常常想，是不是我太吵了，吵到連他都注意到我。」那時才二十歲，兩年後結婚，二十四歲生其勳，後來沒有再生，其勳成了獨子，「雖說如此，他一點也沒有被寵壞，反而一路帶領著我跟他爸爸成長。」

其勳媽媽回憶，自己跟先生都不是很會念書，所以從來沒管過小孩課業的事，幼稚園時常常帶他去上班，其勳自己乖乖坐著讓媽媽去招呼客人，「這個小孩很懂禮貌，我的老主顧都滿喜歡他的。」

「國小有一天他突然跟我說，媽媽我以後也想考前三名，我問他為什麼，他說因為前三名可以上台領獎。」

如此思想早熟的其勳小小年紀便立下志向，考試想考前三名，畢業想拿市長獎，幸運的是，每天上學書包裡都帶著一把口琴的他，因著多次口琴比賽優秀成績，順利地在畢業時獲得傑出市長獎。

「所以上國中他又開始收集資料，」其勳媽媽說他們什麼都不懂，一切都是小孩自己想、自己做，「規畫好好念書、參加比賽、投稿作文……，後來真的又拿到傑出市長獎。」

「這是要讓多少家長羨慕死啦。」我驚嘆。

「以前會覺得虧欠，因為我們教不了他什麼，他說媽媽我只需要你們支持我所有的行動，所以之後我們不再過問，只要在旁邊加油說你很棒就好了。」爽朗的其勳媽媽哈哈大笑。

當媽媽／當兒子是第一次

但青少年還是青少年，難道不打電動嗎？

「打呀，當然打，有時候我會念他，怎麼回家都在打電動，他就回我，我已經念了一整天的書了，回家打一下是紓壓，妳不要管。」

「哈哈那妳也不會抓狂什麼的？」

「不會呀，發生爭執我回他，我是第一次當媽媽耶，幹嘛這樣！」

「那他怎麼說？」

「他說我也是第一次當兒子啊！」

我跟其勳媽媽一起爆出笑聲。

其勳跟家人無話不談，國小開始每天回家會把學校所有發生的事講一遍，很會找出每位同學的優點，聊個不停，甚至親友都知道每天晚上十點到十二點不要打電話去他們家，因為這是他跟媽媽聊天談心的時間。

某天他說，「媽媽，老師說我們班同學的家都蓋在山上，只有我們家在平地，這是什麼意思呀？」媽媽回答，「不好意思喔，我們的能力只能這樣，以後不管你想要什麼都要靠自己努力嘍。」

客人知道她的小孩讀建中都很羨慕，她回家跟其勳說，「大家都問我怎麼教的，我說我沒教，看你滿輕鬆就考上了啊。」

兒子回嘴，「輕鬆？那妳來考考看！」

國小參加直笛隊，國中有次回家說小提琴的聲音好好聽，不知道貴不貴，得到家長允許後他自己上網找資料、自己跑去報名，如此一直學到高中，「一開始沒想到他能堅持下來，他本來目標是能拉出《梁祝》而已。」

補習也是自己要求的，因為班上一個功課很好的同學有補，他也想補，但當媽媽問他要不要一支 iPhone 時，他答，「不用，買了明年又會推新款，手上的馬上變舊貨，幹嘛要那個。」

「天吶，真是個難得的懂事孩子。」

「我們非常感謝啊，他老是說，媽媽妳只要負責我的吃喝玩樂，其他念書什麼的我自己管自己就好。」

「那對於其勳的將來，妳有什麼期許嗎？」

「我知道很多人都會說小孩平安健康就好，但我還想加一點，希望以後他做的事是都真的有興趣、真的融入，完全樂在其中的。」

「你真是很棒的媽媽！」

「謝謝啦，」其勳媽媽不太好意思地回答，「我問過他，建中同學的爸媽應該都很厲害吧，那你會自卑嗎，我們不怎麼厲害。」

「關於這部分他怎麼想？」

「他說當然不自卑，相反的我應該自豪，因為我的父母是不管他們賺多還賺少，永遠會以我為主。」

32

我的室友怪怪的

因為暑假很多人回台灣，我竟然有機會一口氣訪問到三個到外地念書的女大學生，分別是到美國羅德島設計與藝術學院的顏寧、北京大學歷史系馬安妮、北京大學醫學系蔡宜宸，她們的大學生活非常有趣，而且三人一致都遇到了奇妙的室友，超好笑的。

來自四面八方的怪奇室友

顏寧住學校宿舍，兩人一間，講到室友她大笑，「她是一個法國人，第一學期我們都沒有社交生活，兩個人每天二十四小時在一起，有相依為命的感覺，她很有趣，我從沒看過這麼奇特的人，她沒有嗅覺，所以我不洗衣服對她不會造成困擾。」——（咦）

只是室友跟家人視訊時，對方看到房間裡顏寧髒亂的那一半，「她爸媽都覺得很驚

奇。」（搞了半天怪怪的室友是顏寧才對）

法國女孩到冬天時，手腳會因為太冷漸漸不能動彈，不能拿筆也不能走路，天氣正常的時候走一走會突然轉起圈圈來，而且從來沒吃過麵條，「妳能相信嗎？她這輩子第一次吃麵條是我煮給她吃的泡麵。」

但室友很厲害，顏寧自己學做動畫時常跟她請教，「我們後來變成真正的好朋友，但後來她轉學去法國排名第一的動畫學校了。」

馬安妮在北京大學的宿舍是四人一間，那個室友晚上總是很晚才上床，又動作大，「吵到我失眠，挺痛苦的。」

「衛生習慣也不好，走道堆滿了她的東西，每次溝通她都會道歉，但行為不會有任何改變。」

安妮皺著眉頭說著說著卻又笑出來，「所以五月下旬北京一有新冠確診病例、學校改上網課我就回來了，我怕像上海那樣，大學生被迫跟室友一起關在宿舍裡。」

「所以妳其實是因為室友才回來？」

「對呀，我怕的是室友不是病毒。」

宜宸大二後搬到留學生宿舍，住雙人房，「我室友是一個韓國人，從搬進來的第一天就隨時隨地哼歌，還會自言自語，我專心念書時她在我後方看影片，不斷爆笑出聲，溝通也沒有用，搞得我都快腦神經衰弱了。」

「那能不能想辦法搬去單人房呢？」我同情地問。

「單人房很貴，一天要人民幣一百六，現在住的雙人房一年才一千二，本來想換一間雙人房，但正好宿舍樓在整修，沒什麼房間可換。」

宜宸只能每天都留在教學樓念書，待到晚上十一點才回去睡覺，「反正三年級下學期要開始實習，我們都要搬去醫院住，不會再住多久，想說算了。」

她們有個同在北大的台灣同學，她的室友超級有錢，每次請大家吃飯都是最高級的料理。

「什麼鮑魚海參的都請過。」宜宸說。

「我的媽呀，這樣還住學校宿舍？」

「住啊，但睡的是非常貴的床墊，被子是絲做的，最誇張的是，每次期中考或期末考她都會去外面住飯店，說是需要好好休息，她媽媽還會來陪她。」

妳們都吃些什麼呢？

安妮是回族，所以不吃豬肉，「我們學生餐廳很便宜，早餐大概兩三塊就可以吃很飽，如果去學校專門的回教食堂，一個菜一個肉差不多六塊，通常一天十幾塊就可打發。最近學校有蓋一棟新大樓，一到四樓都是餐廳，有各國食物的窗口，但感覺不是很道地，像他們標榜的台灣滷肉飯居然是一大塊五花肉放在飯上，不是切得碎碎的那種。」

去外面聚餐就貴了，如果跟同學去「東來順」吃涮羊肉，一次要上百塊。

顏寧所在的羅德島設藝有個趣味的規定，一年級可以不限次數進出學生餐廳，但二年級之後就有限制，「裡面大多是炒蛋、馬鈴薯、薯餅、漢堡、雞塊、三明治那些，美國食物很無聊，好吃的都是外面賣的墨西哥菜、印度菜、越南菜、中國菜，但我們餐廳有一樣東西，真的完美。」

「是什麼？」

「薯條，太好吃了，」顏寧露出回味的笑容，「外酥內軟又不會很油，比麥當勞的薯條還好吃，我本來限制自己一天只能吃六七根，之後卻開始找各種理由，心情好要吃，心情不好更要吃，到後來每天都要吃上一大盤。」

天天熬夜趕圖、根本沒時間出去吃的情況下，「從台灣帶來的一箱零食成為生命的意義，一小包科學麵就是我一整天最大的樂趣，吃得非常珍惜。放假去洛杉磯玩，鮮芋仙一碗十四塊美金，珍珠奶茶一杯六、七塊美金都算不了什麼，忍痛還是要買下去的啊。」

宜宸到北京後迷上金湯魚，「那是一種用南瓜跟燈籠椒做湯底的酸菜魚片，在學校食堂一份大概十幾塊，不知道要吃什麼的時候一定點這個，還有一種鹹豆花，本來不敢吃，但鼓起勇氣試過之後還真是出乎預料的好吃。」

為什麼想出去念大學呢？

宜宸的爸媽都在科技業工作，「我爸常去大陸出差，覺得那邊的發展滿不錯的，有跟我提可以過去念書看看。」加上她自己瘋狂愛讀「晉江文學網」上各種小說，「大概前二十名我都讀完了。」所以高一開始便萌生「好想去北大念書」的念頭。

在板中的一、二年級，她過著除了讀小說外對什麼都沒有感覺的生活，直到高二暑假媽媽忍不住開罵，「她說妳再這樣下去，將來怎麼辦啦！我回答好啦，明天開始就不看了。」

驚人的是，她真的從那天起不看小說、專心準備學測，並順利考出當年第三類組五十八級分的成績，錄取陽明不分系，同時也以學測分數填到北京大學五年制醫學系，「那時候想，只要能到北大就好，念什麼系都沒關係。」

顏寧小時候因為爸爸工作的關係，曾在大陸念國際學校，打下了不錯的英文基礎，回台灣後還繼續在一個加拿大中學校長在台創辦的英文補習班「I.A.I.」上課，「這同時我有一直學畫畫，覺得將來想學動畫相關的東西。」

二〇二〇年北一女高三學測後她申請到實踐大學跟羅德島設藝，但那剛好是美國疫情最嚴重的時候，「我跟家人討論之後，決定先在台灣念書，後來覺得疫情好像有控制住，加上很想去看看外面的世界，就轉去美國，從大學一年級開始念起。」顏寧超級活潑、講話超級戲劇性，「結果到那邊第一個假期就確診了。」

安妮的祖父是一九四九年從河南來台的回族人，她爸爸陪爺爺回鄉探親時認識了同為回族的她媽媽，「所以我們是個標準的回族家庭，會去大陸念書，一方面是自己很喜歡中國史，另一方面是媽媽也很希望我可以去。」

北一女高三時她同時考取台大歷史系跟北大歷史系，「因為將來想當節目策畫或電影編導，想去大陸多了解這方面的環境，所以選擇了北大歷史系。」

她笑著補充，「但其實一開始最大的動力是想追星，我很喜歡周深跟張若昀，想說有沒有可能可以參加周深演唱會，誰知道因為疫情，我去之後他就沒再辦過了。」

跟台灣很不一樣的大學生活

「我是那屆唯一以學測方式申請到北大醫學系的人，」宜宸說，「所以一到班上，大家都對我很好奇。」

「大陸同學會問妳兩岸問題嗎？」

「不會耶，他們只是對我的口音很好奇，有人拿出台灣偶像劇的台詞拜託我念給大家聽。」

「好好笑！那念完他們怎麼說？」

「他們說，為什麼妳可以把話說得如此清晰卻又如此模糊。」

宜宸說大陸醫學系不像台灣這麼熱門，排名通常在理工科系之後，整個醫學院只有臨床醫學系最高分，其他像公衛、護理等分數遠遠落後台灣同樣科系。「但醫學系功課非常重，很不好念，同學們極度用功，我們很難拚過他們。」

已經要升大三的她，對於北京的生活及校園環境相當適應，跟同學也處得很好，

「放假會去同學在不同省份的老家玩，很有趣，有一次去西安，中午十二點到老城牆騎腳踏車，太陽很大又沒遮蔭的地方，曬到晚上去掛急診，醫生看了問，妳是不是把手拿去烤啊？」

顏寧念過台灣跟美國的大學，因此可以比較兩地設計課程的不同，「台灣一個月評圖一次，做東西時間充足，但恐懼大於愛，老師會直接講出分數，告訴妳哪裡做得不好；而美國是一兩週就要交作品，沒辦法像在實踐時慢慢構想，他們要求快想、快執行，但評分方式是愛大於責罰，大家都用比在台灣誇張十倍的方式讚美你。」

她覺得兩邊看待創作的邏輯很不一樣，「台灣比較像是你應該做到一百分，作品做出來後就一直扣分，而美國則是零分當基礎，一直幫你加分上去。」

「那妳覺得去美國跟留在台灣念大學，有什麼不同嗎？」

「在美國的好處是可以接觸到各種不同文化，像我一起玩的朋友有韓國人、印度人、美國人，真的可以見識到不同的世界。在台灣，設計學院自成一種文化，也鼓勵學生刻苦耐勞，我相信如果繼續留在台灣，也能享受另一種大學生活。」

「校園之外，有什麼好玩的事發生嗎？」

「有，一放假我就到不同城市玩，但，當然是借住親朋好友家，不然太貴了，我最喜歡紐約一個叫〈SLEEP NO MORE〉的沉浸式舞台劇，真是太酷了，像我看的那次，一整棟大樓裡每個房間都在上演〈馬克白〉不同片段，你可以選擇要追隨哪個角色跑去哪個場景，這就是我喜歡在美國的原因之一，會接觸到以前完全無法想像的事物。」

安妮說北大有校方很在乎的一些課程，例如英文、高數跟體育，「畢業前每個人都要跑滿八十五公里，學校在操場設了一個感應器，去跑步的話就可以偵測距離，所以跑道上永遠都有人在那邊刷里程。」

另外有個台灣的大學沒有的設施，「北大有專門的朗讀廳，供同學學習不同語言時可以大聲朗誦出來，也有朗讀教室，這樣就不會吵到別人。」

她覺得北大歷史系的課程相當紮實，學校整體的學術氣氛濃厚，除了本科，她也去修了別系的課，「像中文系的『詞學概論』我超愛，教你大陸目前是如何研究宋詞，及宋詞與音樂的關連，還有與海外詞學界的關係等等，如果大學畢業我決定走學術的話，可能會想去考中文研究所。」

北大的學費一學期約五千多人民幣，四人宿舍一年九百人民幣，「學校有很多打工機會，例如幫公寓管理自治會辦活動、為北大國際合作部採訪寫稿等，薪水還不錯，另外針對港澳台學生有各種獎學金可以申請，像我上學期拿到一等獎獎學金人民幣六千塊，等於就把學費跟住宿費都抵掉。」

她還跟台灣同學一起去了很多地方旅行，「去年學期中去了山東，暑假去了青海跟敦煌，之後參加中國作家協會的活動，去了廈門和上海，今年寒假是去湖南跟珠海，非常好玩，我很喜歡廈門，那邊人講話跟台灣一模一樣，環境也很舒服，如果將來退休我會想去住那邊。」

大學畢業之後呢？

顏寧說，「因為美國的動畫環境很好，當然希望畢業後可以留在那邊工作，但聽說機會不多，等這三年念完再看看吧，我喜歡會動的東西，然後想學會很厲害的技術把我的想法分享出去，這些都還需要我好好繼續努力。」

宜宸說，「北大醫學系的學生通常會在大四時開始準備各國的醫師執照考試，很多國家承認大陸的醫學系，例如每年美國所招收的外國醫生有一半都是北大出去的，雖然以前從來沒想過要念醫科，但來念了之後發現自己很適合。」

「那妳有想過可能會選哪個專科嗎？」我問。

「感染科吧。」

外地留學組

顏寧、馬安妮、蔡宜宸

出去念書真的可以見識到不同的世界，但我們相信，如果繼續留在台灣，也能享受另一種大學生活。

「哇，感染科，妳不怕又來一次大流行病嗎？」

「對呀，我媽也說很危險，但我很樂意培養微生物，很好玩，喜歡看病毒，覺得它們長得很可愛，尤其是結核桿菌，」獅子座的宜宸懶洋洋地笑道，「我跟我媽說下輩子要當卡介苗，因為卡介苗的培養機制就是要吃很好，我也想像它們一樣泡在培養皿裡面，什麼也不用做就有很多營養。」

安妮則有著創作的夢想，「我有寫詩也有寫小說，將來也希望能有機會寫劇本，去大陸念書像是開了一扇新世界大門，接下來不知道有沒有機會去體會更大的世界。」

給學弟妹的不負責任喊話

宜宸說，「我去北大後，我媽大概只想了我一個月，之後就不斷告訴我她跟我爸假日去哪裡哪裡玩，聽到我要回家她還驚訝地問：妳為什麼要回來？」

「所以說大家都自由了嗎？」我快笑死。

「對呀，彼此解脫。」

「那對於想出去念書的學生妳有什麼建議？」

「趕快出來吧，」她說，「這樣就不會被媽媽管了耶！」

後記

史上最棒畢業典禮致詞

〈史上最棒畢業典禮致詞〉沒有什麼比這篇更適合用來做為這本書的結語了吧，哈哈！

二〇二三年六月五日那天我參加了甜甜在北一女的畢業典禮。包包裡放著全新面紙，天氣熱禮堂人多，想說可以拿來擦汗，結果才開始沒多久，陳智源校長致詞的那短短幾分鐘，我就把一整包面紙用光光，哭得分不清臉上是汗還是淚，幾個北一女媽媽朋友紛紛傳訊息過來，「校長講得好好，我都流淚了⋯⋯。」

甜甜進北一女以來，陳校長每次的致詞、講話、寫給同學的信，都顛覆了過往我生命中累積的「大人愛打官腔」印象。

除了懂得孩子、深諳溝通藝術，校長還以行動表達關心，疫情期間沒人到校，他錄了自己戴口罩跑北一女著名的三千公尺體育課項目影片來讓在家上課的大家開心。

一個朋友的孩子去日本交流後回台，「出關聽到大家說校長你怎麼來了，趕快google校長的長相，沒想到真的是！校長親自來機場接她們！」朋友超感動的。

一直很注意各國各校畢典上不同人物的致詞，喜歡讀他們對畢業生說的真實人生經驗，有的激勵人心，有的醍醐灌頂，但我必須講，我們陳校長對八十一屆北一女畢業生說的話，是阿芬閱聽史上最棒的一場致詞。

以往寫甜甜堂堂學校的事，我都是邊聽邊在手機上記，但這次實在重點太多，淚點太多，只好趕快打開 App 錄音，回家再全文聽打抄出（我先生說現在已經有 OpenAI 的 Whisper API 功能了妳知道嗎）（蛤）。

祝畢業生：成為幸福的大人！

過往我也喜歡快速整理出重點，挑出最有趣的部分，再寫在臉書上，可是智源（喂）的話真的讓我無法編輯，只能全文跪著照抄：

「感謝各位貴賓蒞臨本校，一起祝福高三畢業生邁向新的旅程，感謝高三導師的辛勞，終於來到了今天，一想到要跟這群聰明貼心的孩子道別，各位導師應該跟我一樣，內心是很捨不得的。

上週五有一位高三生特別寫一張小卡給我，說她很喜歡我在各種典禮上的致詞，我才發現原來同學們是真的有在聽我說話，即使是在滑手機的 moment，今天也是校長最後一次跟全體高三同學講話，所以我格外珍惜，因為有些事錯過了就不再有，例如畢旅，**I am sorry again**。（阿芬註：這屆畢旅因疫情取消）

根據生輔組給我的資料，在座的高三同學大多數已經滿十八歲，這代表我不應該再用『孩子』、『小朋友』這樣的視角跟你們談話。畢竟，你們不只有了投票權，還可以開公司，明天過後，你不只是結束高中生活，更是以新的法定身分邁向大學之道或是分科。分科戰士加油！（畢業生大樂）

二〇一七年哈佛大學校長在大一新生入學典禮的致詞，引用一句話，她說：大學教育最重要的目標就是確保畢業的學生能分辨有人在胡說八道。現在看來，這件事對北一女中的畢業生顯得更為重要，因為你們還要學會分辨新聞媒體有沒有在胡說八道。（畢業生二度歡呼）

人們總是習慣相信自己想相信的，看見自己想看見的，說出自己以為正確的。雖然柯南常告訴我們『真相只有一個！』，但是他忘了說，這世界上，柯南不只一個。

在充滿多樣性的網路時代，每個人都認為自己是柯南，都可以用自己的視角去詮釋真相、去評價他人。在某種意義上，這可以視為民主社會的進步，然而，當言論自由失去分寸，就容易引起紛爭。很多時候，人們總是過度放大已知的已知，漠視已知的未知，然後完全沒意識到這個世界上有太多未知的未知。

博學、審問、慎思、明辨、篤行，是校長今天要送給畢業生的十個字，它能幫助你看清楚事情的本質，並且帶領你往良善的方向前進，成為更好的大人。同時，它也可以幫助你，上大學後不會輕易就被炎上。（噗）

四年前，我在遴選北一女校長的過程中，有一位評審委員問了我一個問題：請問陳校長，您如何幫助北一女的學生得到幸福。我當時愣了一下，心想，這應該不是高中校長能處理的事吧？

而如今，我完全理解，高中教育的重要目標，是確保畢業的學生能擁有追求幸福的能力，而且，不只是追求自己的幸福，還要追求眾人的福祉。此時的我，心裡掛念的不是台大今天的放榜（家長緊張地笑），而是我的學生能否成為一個正直的人，能否成為被需要的人，能否成為願意承擔更多責任的人。我總認為一個幸福豐盈的人生，是在自己追逐夢想的過程中，還能看見別人的需要，願意為別人留個位置。

這幾年，美國北一女校友基金會發起光復樓募款計畫，總計有一千七百位校友捐款，橫跨七十屆，是不得了的創舉。

有一天基金會接到一通電話，一位校友想捐兩百塊美金，但是希望可以登記兩個名字。因為在募款網頁上有寫到，只要捐款三十美金就可以登載姓名，這位校友問說，她可不可以寄一張兩百元美金的支票，然後是登記兩個名字。因為她在高中時期最要好的同學過世了，她希望也為這個同學在光復樓的捐款名冊上留一個位置。而且，捐款名冊如果是按照姓名筆劃排序的話，她就有機會跟這位同學並列在一起，就像當年在高中的點名表，兩個人的姓名因為筆劃接近，總是排在一起的。

我相信她們在北一女中渡過了很美好的時光，成為生命中無法遺忘的彼此。

校長希望，明天過後，各位畢業生不要忘記北一女中，不要忘記你身邊的同學，如果可以順便的話，也請不要忘記校長，最重要的是，永遠不要忘記那個曾經在北一女中孜孜不倦、正直良善的自己。祝福各位都能成為幸福的大人！」

抄完再讀一遍，仍覺得眼眶一陣酸熱，陳智源校長這番話的好，除了在於他完全懂得學生，更在於他每個笑點後的用心良苦，天氣這麼熱，世界如此喧囂，校長的心卻那麼安靜，靜得可以聽見所有年輕的心的呼求。

或許在這無窮盡宇宙間，北一女只是廣大太平洋中一個小島上的一個小小學校，不會有CNN或泰晤士報注意到這場畢業典禮上校長的短短致詞，甚至連本地媒體都沒空加以報導，但聽進心裡的這些少女，終有一天，將能夠因此改變整個世界也說不定。

能夠造就未來幸福大人的校長，自己一定也是個幸福的大人吧。

此外，也想好好嘉獎這位幸福的大人一下，整個致詞長度十分鐘不到，真是謝天謝地。（擦汗）

還有還有，被我發現，來參加女兒畢典的每個爸爸都在看股票。（接下來小孩還要念好多年的書啊啊啊）

恭敬地寫完這篇的我滿心感激，二〇二〇年九月十七日在臉書貼出〈南海路高中傳說〉時，怎麼也沒想到居然真的能三年題材源源不絕那樣，記錄下甜甜堂堂在建北遇到的各種有趣的、勵志的、感動人心的故事，總算沒有辜負老天爺所賜天時地利人和俱足的大好機會，跟所有被採訪者一起完成了一件感覺還滿不錯的事。

然後在跪著領受陳校長的畢業致詞後，我也終於能從重新投胎十次也考不上的建北，跟著甜甜堂堂一起畢業啦。

國家圖書館出版品預行編目（CIP）資料

那些學霸教會我的事／王蘭芬著. -- 第一版. -- 臺北市：天下雜誌股份有限公司, 2023.09
256面；14.8×21公分. --（美好生活；42）
ISBN 978-986-398-917-2（平裝）

863.55 112012114

美好生活 042

那些學霸教會我的事

20 位建中、北一女學霸的 Z 世代青春哲學，陪你在制度裡、校園外無懼前行

作　　者／王蘭芬
責任編輯／何靜芬
封面、版型設計／蔡南昇
插　　畫／顏　寧
內頁排版／邱介惠

天下雜誌群創辦人／殷允芃
天下雜誌董事長／吳迎春
出版部總編輯／吳韻儀
出 版 者／天下雜誌股份有限公司
地　　址／台北市 104 南京東路二段 139 號 11 樓
讀者服務／（02）2662-0332　傳真／(02）2662-6048
天下雜誌GROUP網址／ www.cw.com.tw
劃撥帳號／01895001天下雜誌股份有限公司
法律顧問／台英國際商務法律事務所・羅明通律師
製版印刷／中原造像股份有限公司
總 經 銷／大和圖書有限公司　電話／（02）8990-2588
出版日期／2023年9月 6 日第一版第一次印行
　　　　　2023年9月26日第一版第三次印行
定　　價／400元

書 號：BCCN0042P
ISBN：978-986-398-917-2（平裝）

直營門市書香花園　地址／台北市建國北路二段6巷11號　電話／（02）2506-1635
天下網路書店　shop.cwbook.com.tw
天下雜誌我讀網　books.cw.com.tw/
天下讀者俱樂部 Facebook　www.facebook.com/cwbookclub